2月20日的祕密會議

L'ordre du jour

艾希克・維雅（Éric Vuillard）——著
陳芳惠——譯

當假新聞與真威脅依然橫世
揭開歷史最大災難的所有偽裝

艾希克．維雅不是歷史學家，而是位文學家。本書每一頁在在流露他對語言的焦灼與敏感，對語調與敘述視角所展現的自由高度。

——《文學雙週刊》

撼動既定形象與神話的記敘，對抗所有時代的懦弱與屈從。本書是一部光芒閃爍的小書。儘管輕薄短小，視野卻寬廣久遠，這是龔固爾文學獎頒予桂冠的理由。

——《世界報》

本書形同一篇論戰文章，揭發促成第二次世界大戰的幾個細節事件，可恥荒誕，這些事件卻在文學與電影裡常常以史詩般的角度受稱頌。

——《新聞報》

用一連串令人眼花撩亂的事件，描繪了納粹德國崛起的過程。

——龔固爾獎評審評語

作者以一系列短文，檢視希特勒如何利用人民貪婪、漠然或怯懦的心態，在德國得勢掌權。維雅的筆觸質樸、憤怒又有力……寫出一種渲染力強烈的末世來臨之感。作者以冷靜又睿智的角度看待一九三〇年代興起的法西斯主義，在當代依然能作為一種警訊。

——美國國家公共廣播電台NPR年度好書評語

以電影人的眼光、歷史學家的審視及小說家的基調來書寫，這不光是一部希勒特併吞奧地利及歐洲抗戰的編年史而已。維雅以無比荒謬的筆調寫下一種魔咒，近距離檢視荒誕的細節及財經與政治世界的決策；這些決定影響我們每一個人，即便我們無從得知他們的權力與日後的決策。本書也要求我們將過去與現在做出連結：政治宣傳、權力濫用、種族歧視、權力及財富集中、謊言、更多的謊言，還有自戀，這一切全都緩慢累進、幾乎無法解釋卻也不可阻擋地帶我們走向災難。

——文學網站 Literary Hub

揭開歷史最大災難的所有偽裝，讓我們清楚看見事情是如此發生的。

——《華爾街日報》

一部偉大著作……書中荒謬地揉合了懷抱希望的想法、荒誕可笑的自負，以及許多有權勢的納粹者特有的冷酷算計。

——《紐約客》

傑出非凡，引發不安的共鳴。

——BBC

撼動人心……敘事及重新評價歷史的穩健組合……書中短文都能獨立成篇，結合起來則描繪出令人信服的全貌。自德奧合併之後八十年，在一個充斥假新聞及真威脅、國家主義日增及自由逐漸消退的年代，它們依然組成一個適合這個時代的警世故事。

——《明星論壇報》目錄

〔目錄〕

導讀

回顧德奧合併的前後：從「納粹狂潮發源地」奧地利反視當下

文◎黃哲翰（udn轉角國際專欄作家）

《二月二十日的祕密會議》主要舞台是二戰前夕的奧地利。讀者翻開正文後，將會看到作者側重於描繪以下的情節開展：在德國企業巨頭與納粹政權合謀，以及英法陣營息事寧人的局勢下，奧地利成為納粹德國對外擴張的第一個目標。德奧合併之後，接著也開啟了歷史上黑暗慘澹的一頁——德國企業瓜分奧地利，而大批戰俘與猶太人也在德奧境內，被迫為西門子、BMW、戴姆勒、巴斯夫等大企業提供血汗勞力，讓後者累積財富之餘，也繼續推動了納粹的戰爭機器。這一段剝削與死亡的黑歷史，至今仍遲遲未獲正視。

本書著重人物的細膩刻畫，從中串連歷史敘事，作者的手法鮮明地突顯了納粹政治人物的瘋狂、企業鉅子的冷峻、英法政客在杯觥交錯之間的鴕鳥心態，以及奧地利政治人物的無力感。然而，此敘事策略也讓這段歷史中奧地利的整體樣貌略顯雲山遮掩。因而在閱讀正文之前，如果先回顧德奧合併的來龍去脈，或許更能讓我們體會這部獲龔固爾獎肯定的作品別出心裁的刻畫，乃至於我們對當前處境的反省。

納粹狂潮的「發源地」——主動走向德奧合併之前的奧地利

事實上，奧地利在納粹興起、德奧合併，以及二戰災難這段歷史中扮演的角色，並非只是「被動的受害者」，反而扮演了相當關鍵的第一配角。甚至在某個意義上，我們必須說，納粹狂潮的「發源地」應該是奧地利，而非人們直覺認為的德國。

當然這並非僅出於「希特勒是奧地利人」這樣簡單的理由。事實上，奧地利從十九世紀末到二戰之間，經歷了一段糾結詭奇的歷史。

一九一四年七月，奧匈帝國掀起第一次世界大戰，隨後陷入戰爭泥淖而崩潰解體，此事件讓奧地利人深受震撼，也是往後德奧之間一連串曲折牽連的起點。一九一八年終戰後的奧地利，從原本橫跨中歐與東南歐不可一世的帝國統治者，一夕之間成為眾叛親離的落魄小國。新生的奧地利第一共和國是硬生生遭到切割的產物，不僅腹地畸零，也因為經濟能力癱瘓，急需仰賴鄰國的糧食物資而遭受四鄰仇視，同時還必須面對戰勝國的索賠。種種雪上加霜的因素，幾乎沒有人認為它能獨立存活。因而，戰後立國之初的奧地利出於生存焦慮，強烈希望與德國合併。

奧地利人與德國人同屬德意志裔。在十九世紀德意志統一運動的過程中，奧地利與普魯士作為德意志地區的兩大強權，彼此爭奪德意志建國的主導權。最後奧地利落敗，乃與普魯士德國分道揚鑣。從此，奧地利統治者哈布斯堡王朝刻意打壓境內的德意志民族主義，與隔壁的德國切割，轉而強調跨民族帝國與普世主義的意識形態。然而，面對帝國內部的多元民族時，德意志裔作為少數統治者，則需要維繫某種德意志民族的優越感。這讓奧地利的「德意志認同」變得相當奇妙：它僅以哈布斯堡王朝為認同對象，成為「既是德意志但又不是『那個德意志』」的曖昧認同。

納粹崛起——來自奧地利的第五十五號黨員希特勒

然而，一戰後孤立的生存焦慮，讓奧地利識時務地再度擁抱「大德意志」的認同。從其國號「德意志奧地利共和國」就可看出：「奧地利」這個國家只是個臨時過渡的居所，人們終究渴望「回歸」德意志大家族。但這只是奧地利人的一廂情願，法國因為嚴重的仇德情節，在戰勝國陣營極度堅持反對德奧合併，就連當時威瑪共和德國面對奧地利也如見瘟神，刻意迴避。隨後戰勝國更將「德意志」從奧地利的國號中刪去，改為「奧地利共和國」。

奧地利人在屈辱和絕望中，不得不接受這個沒有「德意志」的共和國。它不僅被迫獨立，更從臨時過渡意外變成永久家園，成為一個沒人想要的尷尬國家。德意志民族主義也由於此一屈辱而逐漸白熱化。奧地利諸多大德意志主義的政黨之中，有一個在一九一八年戰爭末期成立，名為「德意志工人黨」的草根政黨，主打生計困頓、又老又窮的中下階層，該黨嘴砲議政的風格鮮明，仇外反猶的態度極端。這股草根議政風潮，很快地感染到鄉土文化與奧地利相當親近、位於德國南部的巴伐利亞。巴伐利亞首府慕尼黑在一九一九年九月也成立了「德意志工人黨」，隔年改名為「國家社會主義德意志工人黨」（NSDAP），簡稱「納粹」。

該黨第五十五號黨員，就是那位從奧地利首都維也納流落到慕尼黑的失意從軍青年——阿道夫．希特勒。然而，距離奧地利遭到自己這股「出口轉內銷」的狂潮所吞噬，還需要經過一連串關鍵的鍋爐反應。此刻奧地利的大德意志民族主義諸黨總和支持度，只落在百分之十五上下。極端的反猶太與種族主義，都尚未完全成形。

「經濟」與「統獨」：寄望以德奧合併解決的奧地利兩大問題

一九二〇年代的奧地利正痛苦地糾結於兩項重大問題：「經濟」與「統獨」。此時的奧地利遭遇資源短缺、失業飆升、物價飆漲的惡性循環。人們將經濟問題與「統獨」問題掛勾，寄望以德奧合併來解決所謂「經濟生命線」的問題。換言之，「德奧合併」的倡議，本質上更出於投機心態，而非熱切的「德意志認同」。然而，回到現實層面，奧地利只能依靠戰勝國的物資與金援度過難關，代價就是一步步放棄德奧合併的嘗試，並且接受戰勝國干涉金融內政——也就是向「敵人」出賣國格，「背叛」隔壁的「德意志同胞」，以便換取經濟穩定。

無論是熱切主張德奧合併的左派社會民主工人黨（SDAP），或是對此猶疑躊躇卻又不敢公開違逆民意的右派基督教社會黨（CSP），不管何者上台執政，都無法改變國家前途取決於外國強權的局面。因而只要上台執政，就必然成為輿論和對手的沙包，任人戴上「賣國」、「背叛德意志」的政治高帽。左右兩黨相互詆毀抹黑，逐漸演變成各自成立軍事側翼，兩派人馬互相鬥毆的局面。

持續下探深淵的局勢：兩黨惡鬥與經濟低谷

傳統上，奧地利人民的政治性格與德國人有別。前者過去雖然長久生活在帝國的威權統治下，卻也獲得帝國如家長般的照料，奧地利人相較於德國人，性格更加保守被動，害怕改變，對政治冷感，專注個人生活的小確幸。他們在公開場合說話委婉，害怕起衝突，但私下又好酒桌議政，關起門罵起政治則容易失控。這種政治性格，矛盾地結合了保守與極端、表面的溫吞與內裡的躁動，在過去永恆穩定的帝國生活秩序一夕崩潰後，成為民粹的肥沃土壤。然而，在經濟艱困、政治撕裂的局面下，奧地利還展現出令人驚異的一面。社民黨在其所執政的首都維也納，大刀闊斧推動社會改革，例如社會住宅、工人教育、性別平權等一系列我們今天會稱之為「進步左膠」的政策。這段史稱「紅色維也納」的時期，在歐洲最為保守的政治土壤上，開出了傲視當時各國進步左派陣營的政績。但這些在當時保守派眼裡驚世駭俗的政策，當然也更加激化了雙方的仇恨對立，乃至於讓奧地利政局持續下探深淵。

一九二七年，兩黨鐵桿擁護者之間終於爆發槍擊衝突，最後導致大規模傷亡。一九二九年，世界金融危機又讓才剛艱辛地踏穩步伐的奧地利經濟，遭受更為致命的摧毀：失業率災難性地暴增，失業群眾大量返鄉，都會生活解離。此刻，多數民眾早已厭倦政治，認為「兩黨一樣爛」、「民主不能當飯吃」，政治風向急速向右傾斜，寄望於極權鐵腕一舉解決生計問題，消滅「陰謀顛覆社會」的左膠與「貪婪邪惡」的猶太人。奧地利原先左右勢均力敵的局勢一夕變天，社民黨支持度雪崩式下跌。基社黨與大德意志主義者組成右翼聯盟，卻同時遭黨內鷹派側翼淘空綁架，走向極端化。

一九三三年希特勒在德國取得政權，動員全國之力擴張軍備，第一個目標就是要「收復」家鄉奧地利，完成德意志帝國的真正統一。驅動希特勒追求帝國統一大業的理由，除了檯面上德意志民族主義的意識型態之外，更重要的是因為奧地利位於中歐戰略要衝，是納粹德國進軍東南歐的前進基地。

步入瘋狂的法西斯之路

為此，希特勒讓納粹黨回頭滲透奧地利，扶植代理人，甚至唆使暴動與恐攻，製造奧地利政局的混亂。面對希特勒日漸緊湊的併吞野心，奧地利一反過去追求德奧合併的立場，轉而求助義大利法西斯獨裁者墨索里尼，成為後者的保護國，以抵抗希特勒的侵逼。希特勒在暴怒之餘，向各國施壓，在外交上孤立奧地利，同時實施旅遊封鎖，打擊奧地利倚重的觀光經濟。

也正是在這樣內外交迫、夾縫求生的局面下，奧地利總理陶爾斐斯（Engelbert Dollfuß）順勢利用人民對民主政治信心的崩潰，強硬解散國會，效法義大利，將奧地利法西斯化，並接受墨索里尼的軍援，對內整肅異己，同時嚴令禁止納粹黨與社民黨，大肆進行搜捕。奧地利的集中營，即是在這時候開始建立的——納粹德國的瘋狂，同時也牽動了奧地利的瘋狂。

一九三四年二月，社民黨人在絕望中首先發難，進行武裝反抗，隨即遭到血腥鎮壓。至此，奧地利檯面上的左派勢力完全滅絕。同年七月，希特勒授意奧地利納粹黨發動政變，闖入總理府挾持陶爾斐斯。希特勒本意是要軟禁後者，逼其退位，結果挾持者在混亂中擦槍走火，誤殺了陶爾斐斯。此舉讓墨索里尼憤而介入，希特勒只好收斂。而奧地利則由許士尼希（Kurt Schuschnigg）繼任總理，維持法西斯路線，聯義抗德。

讓納粹黨人正式掌控奧地利政府的「和平協議」

然而，接下來的內外局勢都急轉直下，歷史的天平快速向希特勒傾斜：在外交局勢上，德義兩國為對抗英法同盟而和解，墨索里尼以奧地利為籌碼出賣給希特勒；在國內局勢上，奧地利人民開始大幅傾向納粹德國，奧地利納粹的支持率飆升，擁抱統一的聲浪也高漲。理由是希特勒大舉宣傳納粹德國全面軍事化後的經濟復甦，加強對奧地利的促統滲透，同時增加暴動、暗殺的力道，製造奧地利人民對政治混亂的反感。此時奧地利人民轉而欽羨德國，儘管後者已經開始進行撲天蓋地整肅清算猶太人的瘋狂政策。

本書描寫一九三八年許士尼希與希特勒在德奧邊境的會談背景正如上述。許士尼希雖是奧地利的獨裁者，但此刻已內外孤立，面對希特勒在會談期間肆無忌憚的恫嚇，顯得絕望而無助。許士尼希不得不卑躬屈膝地接受德奧關係正常化的「和平協議」——希特勒以滲透干涉奧地利內政為手段，逼迫許士尼希同意讓納粹黨人擔任奧地利政府的關鍵要職，企圖荒謬地換得德國在形式上承諾「放棄一切對奧地利內政的干涉」。此一空手套白狼的協議，讓奧地利政局此後大抵落入希特勒的掌握，德奧之間大勢已定。

淪為政治工具的獨立公投

一九三七年底，許士尼希試圖最後一搏，聯合過去的左派政敵，試圖在隔年三月十三日舉行維持獨立的公投，藉此尋求英法同盟國陣營介入援奧。根據當時的評估，奧地利人民支持統獨的比例約各為百分之二十五，另外百分之五十的多數人則持曖昧的觀望態度。這反映出奧地利人在多年來的政治內耗下，對國家認同的議題意興闌珊，而統獨議題終究都不如吃飯議題來得重要。正是這種曖昧觀望的主流態度，讓許士尼希與希特勒都同時倍感焦慮。雙方都無法充分掌握奧地利的民意所趨，只能採取更為極端的手段賭一把——而最後賭贏的是希特勒。

希特勒焦躁地策動奧地利納粹在各地頻繁暴亂，同時連續發出通牒，恐嚇要不計一切代價武力統一奧地利。在此種「超限戰」一波波的猛烈攻勢下，許士尼希終於在三月十一日，亦即在原訂公投日的前兩天低頭屈服了。當時奧地利納粹在各大城市集結大量群眾示威暴動，而警察則袖手旁觀，甚至加入群眾參與示威——因為當時主掌警政的奧地利內政部長，正是奧地利納粹黨人，也就是希特勒的代理者賽斯—英夸特（**Arthur Seyß-Inquart**）。面對各地幾近叛變的局面，許士尼希只能宣布停止公投，下令全國軍隊放棄抵抗，然後黯然辭職下台。賽斯—英夸特隨即繼任總理，而許士尼希當即下獄，被關押進集中營。

喜迎納粹：合法的假民主公投

一九三八年三月十二日，納粹德國軍隊就在無人抵抗的情況下，一路開進奧地利首都維也納——儘管途中因裝甲車行軍意外造成人員傷亡。希特勒原本仍顧慮奧地利人民與國際的反感，不願親身深入奧地利，直到四面八方傳來群眾歡呼的消息，而英法等國又無介入跡象，他才喜出望外，前進維也納，並於三月十五日，在維也納英雄廣場精心安排了一場「萬眾歡呼」的演講。

根據見證者書寫記錄以及多年後對見證者的訪談，都可以證實當時有大量奧地利群眾在納粹進軍，完成「德奧合併」的當下，集體陷入狂歡，夾道喜迎納粹，這一點並非納粹單方面造假宣傳。見證者的回憶多是：聽到有人奔走歡呼，自己也跟著一起上街高呼萬歲，情緒感染了大街小巷。我們可以合理推估，各地都有納粹黨人或合併支持者帶頭歡慶，然而，原本搖擺的中間選民也確實受到集體感染，開始擁抱德奧合併。這反映了當時奧地利人民普遍投機、見風轉舵、要經濟反政治的心態。儘管也有悲憤絕望的奧地利人選擇以自殺來表達反抗。

希特勒繼而在奧地利宣傳與營造盛大的政治嘉年華，攫獲了這股民氣。四月十日加碼舉辦了表演性質的假民主公投：「你是否同意上個月實現的德奧統一？」狂熱與威逼雙管齊下的結果當然不出意料：投票率百分之九十九點七，其中同意票占百分之九十九點六。奧地利群眾一夕之間由貧弱孤立的小國轉變身分成為強大帝國的子民，在狂歡氛圍裡，人們開始針對猶太人集體宣洩。納粹激發的民族優越感與反猶宣傳，都是奧地利人數十年來再熟悉不過的國產概念：「出口轉內銷」。

「受害者神話」：淪為毫無自覺的加害者

奧地利人真的只是受害者嗎？一九三八到一九四五年德奧合併期間，數十萬奧地利人加入納粹黨，上百萬奧地利男子加入納粹軍，也多在各集中營擔任管理職，而奧地利平民主動協力清算猶太人者無數。二戰後，奧地利為了躲避責任，自稱是納粹的「第一受害者」，並刻意與德國切割，進行「去德意志化」，建立真正的奧地利認同。這套官方的「受害者神話」（Opfermythos），直到一九九一年才遭破除，由社民黨籍的總理弗朗尼次基（Franz Vranitzky）公開承認奧地利在二戰期間的加害者角色，並宣布進行相關補償。延宕了四十餘年，奧地利才逐漸著手「轉型正義」的工作與歷史反省。

如今，回顧德奧合併前後的曲折歷程，我們看到奧地利時鬱時躁，而且耽溺、曖昧、市儈、瘋狂並存，終在與德國的彼此拉扯感染下，顛簸地撞入了民粹、法西斯，乃至於擁抱納粹的深淵。著名史家東尼．賈德在《戰後歐洲六十年》提到：「像狐狸一樣，歐洲懂得很多。」近代歐洲曾經走過的歷程，蘊含著往後歷史發展的種種倒影。而奧地利那激烈躁動的二十年，則是當時歐洲崩壞歷程的縮影，足以在近百年之後，繼續作為人們當下處境的投射。

而這正是本部作品《二月二十日的祕密會議》的生命力泉源。

（二〇一九年四月，寫於奧地利維也納）

譯序

以文學反文學：艾希克・維雅，龔固爾文學獎的不明飛行體

文◎陳芳惠（本書譯者）

一九六八年生於里昂，艾希克・維雅不僅是作家也是電影導演。《二月二十日的祕密會議》是他的第九本創作，持續他一貫喜愛的歷史題材，重新審視二戰前納粹興起的歷史，尤其聚焦於一九三八年三月十二日奧地利併入納粹德國，史稱「德奧合併」這段史實，揭發這段在歷史中被視為德奧和平統一的內幕。納粹軍隊果真如同當時影片所展示的，是一支機械現代化的勁旅嗎？希特勒果真如歷史所載，不戰而屈人之兵吞併了同屬於德意志文化與日耳曼民族的奧地利嗎？維雅進入歷史事

件的後臺，揭發引起公憤的勾結與令人無法置信的欺詐。他跟蹤歷史人物的性格心態，描述當時英、法、奧三國元首的妥協讓步如何助長希特勒的虛張聲勢，進而予歐洲致命一擊。

然而，文本並非由此次軍事行動開場，而是由一九三三年二月二十日在柏林祕密召開的一場會議揭幕，亦即敘述當時二十四位德國企業大資本家的財政支援如何贊助納粹興起，進而揭開歐洲歷史黑暗篇章的序幕。如果說經濟即命運，維雅首先公開的就是納粹德國的企業歷史，也就是資本家唯利是圖如何與法西斯結合的駭人歷史。而這些當時經援納粹的二十四位工商巨鱷，還有那些陸續參與借助納粹大發戰爭財的大資本家，在近百年後的今天，不僅沒有受到揭露或者審判，他們透過家族後代繼續掌控全球的經濟市場與我們的日常生活。西門子、拜爾、福特、寶馬、雀巢與芬達，還有柯達及ＩＢＭ，這幾個隨手拈來當年藉著納粹獲取暴利的國際知名品牌不就是今天我們日常生活的一部分嗎？誰能料到這些熟悉的日常用品背後竟然躲藏著一隻影子軍隊？難道暴力邪惡已經以更細膩的方式深入我們日常生活的肌理？

維雅認文學不僅屬於創作領域，也屬於知識領域，所以他進入歷史的結構網絡，以便讓我們看到災難如何在歷史的不經心處產生。然而，《二月二十日的祕密會議》不僅僅只是一本有關歷史的「敘事」（récit），這個由作家欽定印在書本封面的文學類型，這個維雅意欲脫離小說體裁而標榜的一種更接近生活、更接近事實的文學形式。所以，《二月二十日的祕密會議》既不是一篇敘述與評論歷史的長篇散文，也不是一本小說，更不是一部歷史小說。文本裡雖然也有許多橋段設計，但是異於一般小說的想像渲染，這些場景調度大抵不脫真實歷史材料。即使我們可以辯稱小說是種變色龍文體，形式開放寫法無奇不有，但是維雅決意遠離與批判的就是小說這個文類。亦即以敘事反小說，維雅反思了有關敘述形式的倫理學問題，意欲彰顯書寫既是文學藝術，也是政治權力。這種文學自覺與行動終於使龔固爾文學獎打破了百年慣例，把二〇一七年法國文學的小說桂冠頒給了這本只有薄薄一百五十頁，甚至是以平裝口袋本發行的非小說文本！

這是一場美妙的勝利，維雅的《二月二十日的祕密會議》果真打亂了龔固爾文學獎百年來的會議行程傳統。而如果說《二月二十日的祕密會議》只是一篇翻案歷史公案夾雜著敘述與評論的長篇散文，維雅又如何能說服文學獎的諸位評審大公，在最後決選時以六比四的差距勝出呢？「艾希克・維雅不是歷史學家，而是位文學家。本書每一頁在在流露他對語言的焦灼與敏感，對語調與敘述視角所展現的自由高度。」《文學雙週刊》（*La Quinzaine littéraire*）的評論確實點出了維雅歷史記敘散文的真章要諦：文本高度的詩歌化與影像化。果不其然，才一翻開書頁，讀者就被如詩一般的句子結構與逼真的電影影像所攫獲：

太陽是顆冷冽的星球。它的心，披著霜雪的荊棘；它的光，沒有寬恕。二月，樹已凋萎，河水乾枯，水源吐不出新泉，海洋也無法吞進河水。時間已然凝住。早晨，沒有聲響，沒有鳥鳴，什麼也沒有。然後，一輛汽車，另一輛，倏地一陣腳步聲，還有看不見的身影。管理人敲了三下，門簾並未掀開。

是星期一，城市在毛玻璃似的霧靄後面騷動。人們如同平日趕去工作，搭電車，或者汽車，溜進車廂的頂層，然後在天寒地凍裡做著不著邊際的夢。只是那一年的二月二十日可不是個尋常日子，儘管大多數人照常把時間用來埋頭苦幹，以此習慣性姿態潛入工作這個堂皇體面的巨大謊言，表彰這種安安靜靜合乎時宜的真實，讓生活的史詩簡化成為一齣勤奮的啞劇。那天時間有如平常緩緩流淌，就在大家搭車往返於家裡與工廠，來回於市場與晾晒衣服的院子，然後，晚上，流連於辦公室與酒館，終於，回到家，遠離體面的工作，遠離日常軌道生活之時，施普雷河岸邊，正有幾位先生走出停在國會大廈前的車子。侍衛小心翼翼打開大門，他們陸續離開寬敞氣派的黑色轎車，魚貫走過大廈挺直壯偉的陶土廊柱。

「歷史往往映射出我們現今一部分的形象。」維雅如是說。透過《二月二十日的祕密會議》他不僅講述了一段還沒有過去的歷史，並且揭示了一個當下日常，一個並非一般傳統抒情文學所描述的日常，而是一個與二次大戰仍然息息相關卻為當代人所疏忽的日常。美國作家哈金認為：「歷史的題材不僅重構過去，還必須對當下也有意義；理想的狀態是這個故事也包括現在。」儘管書寫的是引爆第二次世界大戰的先前歷史，但與今日歐洲新自由主義當道掌握話語霸權，還有不斷壯大的極右排外情緒諸種現實相較，卻又不無相通。事實上，這本小書不僅是歷史也是當代史，提醒讀者納粹的歷史還沒有結束，警告歐洲不要再讓歷史成為當下的現實。

融合詩歌體裁的書寫密度與虛構想像的視覺場景，維雅從鎖孔看歷史，以細節鋪陳歷史的巨變，進而想像挖掘歷史的隱祕幽微。他的歷史敘述粉碎了納粹神話，即使這個歷史角度的切入並非全然以小說的形式展現，但維雅有如閃電般耀眼的文字確實是屬於文學範疇的，這也是這本輕薄短小原該歸屬於歷史領域的小書能榮獲文學大獎的首要理由。

獻給羅宏・艾弗哈德（Laurent Évrard）

1 祕密會議

太陽是顆冷冽的星球。它的心，披著霜雪的荊棘；它的光，沒有寬恕。二月，樹已凋萎，河水乾枯，水源吐不出新泉，海洋也無法吞進河水。時間已然凝住。早晨，沒有聲響，沒有鳥鳴，什麼也沒有。然後，一輛汽車，另一輛，倏地一陣腳步聲，還有看不見的身影。管理人敲了三下，門簾並未掀開。

是星期一，城市在毛玻璃似的霧靄後面騷動。人們如同平日趕去工作，搭電車，或者汽車，溜進車廂的頂層，然後在天寒地凍裡做著不著邊際的夢。只是那一年的二月二十日可不是個尋常日子，儘管大多數人照常把時間用來埋頭苦幹，以此習慣性姿態潛入工作這個堂皇體面的巨大謊言，表彰這種安安靜靜合乎時宜的真實，讓生活的史詩簡化成為一齣勤奮的啞劇。那天時間有如平常緩緩流淌，就在大家搭車往返於家裡與工廠，來回於市場與晾晒衣服的院子，然後，晚上，流連於辦公室與酒館，終於，回到家，遠離體面的工作，遠離日常軌道生活之時，施普雷河[1]岸邊，正有幾位先生走出停在國會大廈前的車子。侍衛小心翼翼打開大門，他

1 施普雷河（Spree），德國河流名稱，屬於易北河水系，注入北海。流域面積一萬平方公里，全長四百零三公里，穿越柏林。

們陸續離開寬敞氣派的黑色轎車，魚貫走過大廈挺直壯偉的陶土廊柱。

他們總共二十四位，就離河邊枯樹不遠之處，二十四件黑色、栗色或紅棕色的長大衣，二十四副羊毛墊肩，二十四套三件式西裝，加上二十四條側面鑲嵌緞帶打著皺褶的長褲。暗影滲進國會大廈[2]的偌大廳堂，儘管頃刻之間將不再有大廈，不再有總統，幾年之後，甚且也不再有國會，僅剩一堆還在冒煙的瓦礫。

此刻，他們脫下二十四頂氈帽，赫然發現二十四頂禿頭或者幾頂白髮冠冕，上台之前大家紳士一般互相握手。顯赫的貴族就在寬敞的門廳，他們彼此寒暄體面打趣的話語，令人彷彿置身正要啟幕的花園派對，客人多少都端著架子進場。

二十四位先生小心翼翼走完第一層階梯後就快速拾級而上，偶爾停下來以免老化的心臟過度負荷。手緊握著黃銅色澤的三角形手杖，他們半閉著眼睛往上爬行，既未讚賞精緻的欄杆，也不凝視高雅的拱頂，如同眼前僅是一堆枯葉。有人引導他們從窄小的門廳往右前行，在繪有棋盤圖形的地板走了幾步之後，他們又爬了三十多級階梯到達三樓。不知道誰是登山隊中首先到達的，不過這其實並非重點，因為他們每個人都必須做同樣的事，走同樣的路，在樓梯間附近向右轉，終於，左手側的兩扇推拉門已經完全打開，他們已然走進大廳。

有人說文學允許一切，我或許可以讓他們就此在潘洛斯階梯[3]永無止境地循環走動，既不能上去也無法下來，永遠重複著同樣的動作。而這其實有點像書本帶給我們的感覺，結實緊密或者稀薄流動，無法穿透或者濃密繁多，緊湊，舒展，如粒狀一般。詞語的時間有如美杜莎的眼神[4]讓移動戛然而止，恍若魔宮的妖術把他們

2 一九三三年二月二十七日晚上，阿道夫．希特勒上任德國總理四週後發生國會縱火案，大火從國會大廈的拱頂竄出，吞沒了大廈的圓頂與議會大廳。這次大火被認定是縱火所致，但誰是縱火犯至今為止並沒有定論。可以肯定的是納粹藉機建立獨裁統治，當夜大肆抓捕共產黨員，次日更督促德國總統保羅．馮．興登堡簽署《保護人民和國家的緊急法令》，又稱《國會縱火案》，取消了《威瑪憲法》賦予公民的有關保證人身自由等基本權利的條款。

3 潘洛斯樓梯，英國數學家羅傑．潘洛斯（Roger Penrose）及其父親遺傳學家列昂尼德．潘洛斯（Lionel Penrose）於一九五八年提出的一個概念，指的是一個始終向上或向下，卻沒有終點的樓梯。理論上它是一個永無止境的樓梯，讓人感覺自己一直在往上爬，或者不斷往下走，但怎麼走，樓梯似乎都沒有盡頭。

4 古希臘神話傳說，人若看過蛇髮女妖美杜莎的眼睛，就會被她的美麗和魔力吸引而失去靈魂變成一尊石像。

永遠擺放在國會大廈裡，而他們就是這些一進門即遭閃電所擊石頭所襲而無法動彈的人。門同時是開著的，也是關著的，陳舊的楣窗被扯下打碎或者重新上漆。樓梯間是亮著的，但空無一物，吊燈還閃著光，不過行將枯朽。我們同時在時間裡無所不在。艾爾伯特・沃格雷[5]登上了第一個樓梯平台，就著那兒，摸摸上衣的假領子，流了點汗，甚至可以說是滴著汗，感到一陣輕微的暈眩。在照亮著階梯通道的斗大鍍金油燈下，他理理背心，解開了假領子上的一個鈕釦，把領口拉低。或許古斯塔夫・克虜伯[6]此刻也只是在那兒稍事休息，便說了句有關年紀的箴言來鼓勵艾爾伯特，總之，一臉與他休戚與共的神情。之後古斯塔夫繼續上樓，艾爾伯特・沃格雷仍舊待了片刻，獨自一人在中間嵌有一顆巨大燈球的鑲金植物吊燈下站著。

他們總算進入了小型會客廳室。卡爾・馮・西門子[7]的私人祕書沃爾夫—迪特里希此刻就在門窗旁踱著步，眼睛來回看著覆蓋於陽台上的那層薄霜，當下避開了這場既稀鬆平常又荒謬至極的祕密會議，隨著眼神溜進雪花裡閒逛。這群偶爾漫不經心撥弄一下手上純金戒指的人全都愛好大型雪茄，就在他們一起點燃蒙特克里斯托[8]，討論菸管的顏色，提及偏好的是軟甜還是辛辣的口味時，一旁的沃爾夫—迪特里希，卻在窗前發愣，神思時而擺蕩在光禿的樹枝間隙，時而漫步在施普雷河上。

---

5 艾爾伯特・沃格雷（Albert Vögler, 1877-1945），德國政治家與企業家。他是德國人民黨的聯合創始人，也是第二次世界大戰期間彈藥生產的重要執行官。

6 古斯塔夫・克虜伯（Gustav Krupp, 1870-1950），生於荷蘭海牙。一九〇六年與貝塔・克虜伯（Bertha Krupp, 1886-1957）結婚，進入克虜伯家族，德國兩次世界大戰所需的各種類型武器幾乎全出自克虜伯公司。一九三三年希特勒上台後，克虜伯成為納粹政權的狂熱擁護者，積極支持希特勒實行法西斯統治和對外擴張，通過納粹德國的擴軍備戰和發動戰爭獲取暴利。第二次世界大戰後在紐倫堡國際軍事法庭上被控為主要戰犯之一，但以「中風和年老昏聵」為由，未出庭受審。

7 卡爾・馮・西門子（Carl von Siemens, 1872-1941），西門子股份有限公司的家族成員。該公司創於一八四七年，二戰期間，西門子的規模迅速擴大，參與了德國經濟的「納粹化」，不僅資助納粹崛起，也在公司內部實行種族隔離政策。為因應戰爭期間勞動力匱乏問題，一九四〇年代時，西門子逐漸在一些惡名昭彰的集中營及周邊地區建造工廠，不少集中營工人上午為西門子公司生產電器，下午就在公司建造的毒氣室裡被毒死。根據統計，至一九四四年為止，西門子的二十多萬雇員中，超過十五萬是集中營的在押犯人。

8 指來自古巴首都哈瓦那的蒙特克里斯托雪茄。

幾步之遙，被鑲嵌在天花板上的幾尊細緻小石膏雕像所吸引的威廉·馮·歐寶[9]正用手指推著他那副厚重的圓框眼鏡，又是一號人物。他的家庭從遠古時代朝著我們一路走來，從布勞巴赫教區的小地主發跡，然後擁握成堆的長袍、權杖、莊園以及頭銜。先是檢察官，接著市長，直到祖先亞當離開母腹走上難以預測的未來，領悟了製鎖業的竅門，製造了第一台令人驚嘆的縫紉機後，才是這個家族威望真正壯大的開始，即使他實際上什麼也不曾發明。亞當首先在一家製造廠工作，觀察，逆來順受，然後稍微改良了機器的式樣。他後來娶了帶進一大筆嫁妝的蘇菲·謝勒，因此以夫人的姓氏命名他的第一台縫紉機。產量日漸增高，只消幾年，縫紉機的功用就廣為接納，隨著時間的曲線成為日常生活的一部分，讓今天的我們只能感嘆真正發明縫紉機的人[10]真是生不逢時。縫紉機的成功一旦穩妥，亞當·歐寶便投入自行車的生產。不過，某個晚上一個奇怪的聲音從門縫溜了進來，讓他猛然冷得心顫。那可不是前來追討專利權的縫紉機發明者，也不是前來要求分紅的工人，而是上帝前來索回他的靈魂；確實是應該歸還的呀。

只是企業不像人身會死去，它們是永遠不會消失的神祕物體。歐寶繼續銷售自行車，接著汽車，公司在創始人去世時已有一千五百位員工，而且成長。所謂的「公司」，就是所有血液全部倒流到頭部的一個人，亦即一般所說的「法人」，它們的壽命遠遠超過我們的生命。因此當二月二十日，威廉在德國國會大廈的小會議廳裡沉思時，歐寶企業已然是位垂垂老婦。如今，歐寶不再只是另外一個帝國中的帝國，而且與老亞當時代的縫紉機也沒有多大關係了。而如果歐寶企業是位多金老婦，她可是老得讓我們幾乎看不見她的存在，已然成為此後歲月風景的一部分。事實是目前的歐寶企業顯然比許多國家還老，比黎巴嫩老，甚至比德國老，比大部分的非洲國家老，比諸神都迷失在雲端裡的不丹更老。

9 威廉・馮・歐寶（Wilhelm von Opel, 1871-1948），歐寶公司第二代經營者。亞當・歐寶（Adam Opel）於一八六二年創建公司，最初生產縫紉機和自行車。一八九七年起，歐寶的兩個兒子弗里茨和威廉開始製造汽車和摩托車，並以「歐寶」為汽車工廠命名，從此歐寶的名字一直沿用至今。

10 一般認為縫紉機是十八世紀末時由英國人湯馬斯・聖特（Thomas Saint）發明的。

2 面具

我們因而或許可以逐次親近已身在大廈裡的二十四位先生。輕輕掠過他們衣領上的開口與領帶上的領結，頃刻間迷失在他們鬍鬚窸窸窣窣的聲響裡，時而神思游移在他們西裝上衣的格紋間，然後潛入他們哀傷的眼神裡。也就在這兒，在會扎人的帶著橙黃色澤的山金車花深處，他們來到了同樣的一扇小門之前；拉了門鈴的細繩，再一次，他們回到了過去，同樣是一連串的勾當，美麗體面的婚約與可疑的計謀——敘述他們戰績功勳的文章總是千篇一律。

這個二月二十日，亞當的兒子威廉·馮·歐寶徹底清除嵌在指甲裡的油污，把自行車擺置妥當，把縫紉機忘在一旁，然後把姓氏冠上一個演繹家族歷史，表示貴族身分的介詞。年屆六十二歲的他，一邊看著手錶一邊輕咳幾聲，緊抿著嘴唇，環顧了一下四周。把事情做好的亞爾瑪·沙赫特[11]即將被任命為德意志帝國銀行總裁

---

11 亞爾馬·賀拉斯·格里萊·沙赫特（Hjalmar Horace Greeley Schacht, 1877-1970），德國經濟學家、銀行家與自由主義政治家，也是德國民主黨的聯合創始人。因一九二二至一九二三年期間遏制了威脅威瑪共和國生存的毀滅性通貨膨脹而聞名於世，並於一九三四至一九三七年間，出任希特勒納粹黨政府的經濟部長。

以及經濟部長。圍繞在圓桌的計有古斯塔夫・克虜伯、艾爾伯特・沃格雷、君特爾・科萬特、弗里德里希・弗里克、恩斯特・田格曼、孚茨・斯賓古胡、奧古斯特・侯斯特爾、恩斯特・伯鴻迪、卡爾・卜漢、昆特爾・侯本、喬治・馮・史尼茲勒、古格・赫曼・斯提訥斯、艾杜爾・蘇托、路德維・馮・溫特豐、沃爾夫—迪特里希・馮・維茨雷本、沃爾岡・侯特、奧古斯特・迪恩、艾希克・福格勒、漢斯・馮・魯恩斯坦・蘇・魯恩斯坦、路德維・考爾特、科特・史密特、奧古斯特・馮・芬克與史坦醫生。此刻工業界與金融界進入一種涅槃的境地，當下大老們安靜順從，雪茄的煙霧刺啄著每個人的眼睛，幾近二十分鐘的等候不免令人稍感疲累。

有種近乎虔敬冥思的氛圍，幾個身影停在一面鏡子前整整領帶；小客廳裡每個人都自由自在，無拘無束。帕拉迪奧[12]在《建築四書》中的某一頁把客廳籠統地定義為一個接待會面的房間，一個扮演人生悲喜劇的舞台；在帕拉迪奧著名的戈第・馬林維尼別墅裡，我們首先在奧林帕斯廳看見赤裸的神祇在彷彿廢墟之地嬉戲，經過維納斯廳時可以看到一個小孩與年輕的侍僕從畫中的假門溜走，到了主廳則見到門口上方有塊匾額，刻著主禱文的最後幾個字：「拯救我們脫離惡者。」[13]但是，在舉行小型招待會的國會大廈裡，我們看不到諸如此類的字眼，因為這種道德訓誡並沒有列入當日的議程裡。

高聳的天花板下，時間緩緩流逝。有人以微笑招呼對方，有人打開皮製公事包。沙赫特偶爾推推他的細框眼鏡，有時摸摸鼻子，一副欲言又止的模樣。客人安靜地坐著，他們蝦子般突出的眼珠直勾勾地往門口盯著。有人趁著兩個噴嚏之間的空檔竊竊私語，有人打開手巾，在安靜的室內發出擤鼻的響聲，然後又端然坐好，耐心等待會議的開始。其實會議裡的人彼此認識，除了一起參加這類無趣充滿父權色彩的家族聚會外，大家也都同時兼任多項行政或者審核顧問之類的工作，也全都

---

12 安德烈亞・帕拉第奧（Andrea Palladio, 1508-1580），文藝復興時期北義大利最傑出的建築大師，也是歷史上第一位完全以建築和舞台設計為主業，沒有兼事雕塑和繪畫的職業建築師。後文的戈第・馬林維尼別墅（Villa Godi Malinverni）即為帕拉第奧作品。

13 聖經《馬太福音》第六章第十三節。

是某某董事協會的成員。

前排，古斯塔夫．克虜伯用手套拍拍他紅通通的臉龐，認真地把痰咳進手帕裡，他患了感冒。隨著年齡的增長，他的兩片薄嘴唇愈來愈像倒掛在天空，令人忍俊不禁的上弦月。他看來憂傷焦慮，透過一些約略的期望與計算，他不由自主地轉動著手指上那枚美麗的金戒指——可能對他而言，「期望」與「計算」這兩個詞的意義是一樣的，彷彿它們之間早已經緩緩相融。

突然，門板吱吱作響，地板也嘎嘎叫嚷，等候室裡有人正在交談。二十四隻蜥蜴隨之以後腳跟起身然後穩穩站直。亞爾瑪．沙赫特故作鎮定，古斯塔夫調好他的單片眼鏡。門扇後傳來壓低的嗓音，接著一個聲響，最後是國會大廈的議長微笑著走進房間，他是赫爾曼．戈林[14]。所有這些一點兒也不令人意外，終究只是一場稀鬆平常的會議，一件例行公事而已。黨派之爭在商場上乃是小事一樁，政客與商人早已習慣面對。

戈林首先繞場一周逐次跟大家問好，用他寬厚的手掌與每位賓客握手致意。不過，國會大廈的議長並非僅僅是來接待大家而已，他咕噥了幾句客套話，旋即提到三月五日即將來臨的選舉。二十四隻獅身人面獸[15]專心聽著。議長宣稱即將上場的將是最具影響力的選舉，經濟成長需要一個穩定與威嚴的政權，應該趁此機會結束目前不穩定的政權。二十四位先生全都認真點頭。吊燈上的電燭閃爍著光芒，繪製在天花板上的太陽也較諸先前迸發更耀人的光亮。「如果納粹黨能贏得大多數席次，」戈林繼續說道，「這場選戰將是未來十年最後一次的選舉，甚至——」他又笑著加上了一句，「將是未來一百年的最後一次。」

14 赫爾曼・威廉・戈林（Hermann Wilhelm Göring, 1893-1946），納粹德國的一位政軍領袖，與「元首」阿道夫・希特勒的關係極為親密，在納粹黨內有相當巨大的影響力。他擔任過德國空軍總司令、「蓋世太保」首長、「四年計畫」負責人、國會議長、衝鋒隊總指揮、經濟部長、普魯士總理等跨及黨政軍三部門的諸多重要職務，並曾被希特勒指定為接班人。二戰結束後，戈林被盟軍抓獲，在紐倫堡審判中被判多項罪名處以絞刑，行刑前一天晚上，戈林服毒自殺。

15 獅身人面怪獸，又稱「斯芬克斯」（Sphinx），傳說是埃及遠古時代的一頭怪獸，生性殘忍，喜歡吃人。

贊同的聲浪傳遍整間會議室。也就在此刻，門口有了幾聲騷動，新總理終於走進了會議室，從未見過的人都渴望見他一次。希特勒微笑著，一派輕鬆，絕不是我們想像的那種模樣。和氣，是的，甚至是討人喜愛，比我們想像的還要更討人喜愛。他向每個人道謝，也跟每個人緊緊握手。一等介紹完畢，所有人都重新坐回舒適的扶手椅上。克虜伯在第一排，煩躁地抓著他那一小撇鬍鬚；在他正後方，有兩位法本公司[16]的領導人，也有馮・芬克[17]、科萬特[18]與其他幾位學究一般翹起腿來的先生。有低沉的咳嗽聲，也有筆套發出極其輕微清脆的響聲。一切俱寂。

他們聽著。演說內容基本上可以歸結如下：必須結束脆弱的政權，遠離共產黨的威脅，撤除工會讓每位老闆成為自己企業的真正領導者。演說依此持續半個小時。當希特勒才一說完，古斯塔夫就起身往前走了一步，代表在場眾人感謝他終於讓政治局勢明朗。離開之前總理快速繞場一周，大家彬彬有禮與他致謝告別，老企業家們心上的石頭似乎落了地。等他一走，戈林便接著說話，重新摘述強調剛剛提到的幾個想法，然後再次強調三月五日的選舉將是唯一能讓德國走出困境的機會。

不過，要選舉就得有錢，而納粹黨在面臨即將到來的選戰之際，手上可是一點資金都沒有。此刻，亞爾瑪．沙赫特站了起來，對著大家微笑，同時大聲宣布：「先生們，現在可以捐款了！」

這個顯然不是很正式的邀請，對這些人來說並非什麼新鮮事兒，他們已經習慣了回扣與賄賂。貪污是大企業預算中無法緊縮的項目，執行上則以遊說、年節禮物與政治獻金等等名目編列，受邀者大多因此即刻支付幾十萬馬克。古斯塔夫．克虜

---

16 法本公司（IG Farben AG），全稱「染料工業利益集團」，德國化工及製藥綜合企業，一九二五年由若干自第一次世界大戰起即有緊密合作關係的大型化工公司合併組成。納粹時期法本公司在奧斯維辛集中營設立工廠，使用死者遺骸生產人造革，集中營毒氣室使用的「齊克隆B」毒劑，正是該公司的產品。

17 此處指德國金融業巨富威廉．馮．芬克（Wilhelm von Finck, 1848-1924）家族的第二代，奧古斯特．馮．芬克（August von Finck, 1898-1980）。

18 科萬特家族（Quandt）如今是德國著名工業家族，掌控寶馬（ＢＭＷ）汽車公司的大部股份，其家族歷史可說與德國近代歷史息息相關。十九世紀末科萬特家族還只是一家為德國皇家海軍生產制服披巾的布料工廠，第一次世界大戰後，君特爾．科萬特（Günther Quande）買下了一家生產電池的ＡＦＡ康采恩，供貨範圍廣披全球的軍火工業。隨後又買下了一系列德國軍備、軍火工廠。在希特勒的「第三帝國」期間，科萬特家的軍工廠屬於納粹軍隊最重要的軍火供應商之列。

伯捐了一百萬，喬治・馮・史尼茲勒[19]四十萬，如此便募集到了一筆為數可觀的款項。一九三三年二月二十日這場標誌企業歷史上獨特時刻的會議，納粹誘使工商巨賈做了前所未聞的妥協，對克虜伯、歐寶、西門子等家族而言只不過是商場上的一段慣常插曲，一次普通的捐贈。這幾家企業全都比納粹政權活得長久，往後仍舊依據政黨的表現來決定金援與否。

為了確切理解這場會議，為了掌握它的意義真髓，今後必得以名字稱呼這群人。他們不再只是一九三三年二月二十日午後在國會大廈裡的君特爾・科萬特、威廉・馮・歐寶、古斯塔夫・克虜伯與奧古斯特・馮・芬克；應該提及的還有其他名字。因為君特爾・科萬特是個待解的密碼，掩飾的不只是此刻安靜坐在貴賓席上翦子黏答答的這位胖子的真正身分。他的後方，就在他的正後方，坐著一位身軀異樣龐大，一個守護者的身影，猶如石雕一般冷硬神祕。是的，凌駕所有的權勢、殘酷與冷漠，科萬特家族的形象讓這位未具名者的臉孔僵硬冷漠，有如戴著面具，一副比他的天生臉孔更適合他的面具，讓我們來推想此人的前身：康采恩AFA電池廠，也就是後來人人知曉的瓦爾塔，既然法人有他們的分身，猶如古代神靈都能變形，隨著時間推移，他們也就成為諸神。

以上就是科萬特家族的真實名字，他們創始人的名字。既然君特爾，他，跟你我一樣，只是一小堆骨頭與肌肉，在他之後，他的兒子，還有兒子的兒子都會登上企業寶座。只是當這一小堆骨頭與肌肉在土堆裡腐爛時，寶座本身卻不會枯朽。因此，這二十四位先生不叫史尼茲勒，也不叫維荻雷本，更不叫史密特，或者芬克、侯斯特爾與侯本，如同證件上所登記的身分。他們叫做巴斯夫、拜耳、愛克發、歐寶、法本、西門子、安聯與德律風根。透過這些名字，我們不僅認得他們，甚至跟他們相當熟悉。他們就在那兒，就在你我之間。是我們的車子，我們的洗衣機，我們的保養產品，我們的鬧鐘、房屋保險與手錶裡的電池。以物品的形態在我們的周遭出現，他們就在那兒，無所不在，我們的日常生活就是他們的日常生活。他們照

19 喬治・馮・史尼茲勒（Georg von Schnitzler, 1884-1962），法本公司董事會的成員之一。

顧我們，幫我們穿衣，照亮我們，運載我們前去全世界各地，有如搖籃曲般搖晃安慰著我們。二月二十日出現在國會大廈裡的這二十四個傢伙，僅僅只是這些企業的領導者，一群產業巨頭的神職人員，是普塔[20]的祭司。他們面無表情，筆直地站在那兒，彷彿二十四部計算機擺在地獄的門口。

---

20 普塔（Ptah），是古埃及孟斐斯地區所信仰的造物神，後來演變成工匠與藝術家的保護者，常常以頭戴藍色圓帽，手持權杖，而身體包得像一尊白色木乃伊的形象呈現。

3 禮貌性拜訪

被動與惶恐，一種暗黑莫名的傾向讓我們把自己託付給敵人，從此史書不斷重複令人驚恐的事件，理智與光明均無置喙之地。如此一旦工商業教主歸順，反對者就此消音，剩下的敵手就是來自國外的勢力。隨著法國與英國聯手時而文攻時而武赫的綏靖策略，納粹的政治聲望一再上漲。所以一九三七年十一月，在兩次短暫衝突期間，在幾次口頭抗議薩爾區的回歸、萊茵區的再軍事化行動，以及由德國禿鷹軍團主導的格爾尼卡轟炸事件[21]之後，英國國會議長哈利法克斯[22]伯爵接受赫爾曼·戈林的邀請，以私人身分訪問德國。戈林，這位既是空軍部長、空軍總司令、蓋世

---

21 格爾尼卡轟炸事件，西班牙內戰中，納粹德國受弗朗西斯科·佛朗哥之邀對西班牙共和國所轄的格爾尼卡城進行了人類歷史上第一次地毯式轟炸。二次大戰德軍占領巴黎期間，畢卡索在畫室內閉門作畫，當年冬天，天氣嚴寒，德國大使送他一批燃料，卻被他拒絕，並回答：「西班牙人是永遠不會覺得冷的。」臨走前大使看到一幅《格爾尼卡》（Guernica）油畫，遂問畢卡索：「這是你畫的？」畢卡索回答：「不，是你們畫的！」

22 愛德華·腓特烈·林德利·伍德，第一代哈利法克斯伯爵（Edward Frederick Lindley Wood, 1st Earl of Halifax, 1881-1959），英國資深保守黨政治家，曾任印度副王及總督、外務大臣，任內與時任首相張伯倫等人對納粹德國施行綏靖政策，廣受後世批評。

太保首長、國家森林與狩獵部長，也是被燒掉的國會大廈議長，還是蓋世太保創始者的戈林，顯然頭銜實在過多。然而對這位渾身熱情粗獷的男子，全身掛滿勳章、名氣響亮的反猶分子，哈利法克斯卻不露慍色，毫無異樣。不過，不能說哈利法克斯被這位隱藏企圖心的人耍弄，也不能說他沒發現這位時髦人士講究精緻的服飾風格、冗長的頭銜、狂熱黑暗的修辭風格，還有大腹便便的側影，絕對不能。那個時候離二月二十日的會議已遠，納粹已然毫無顧忌。再說，他們一起打獵，一起笑鬧，一起用餐；況且赫爾曼．戈林，這位從不吝於流露溫柔與好感的男人，這位應該夢想成為演員的男人，會用自己的方式演戲，應該會拍拍老哈利法克斯的肩膀，甚至有點過分地在他面前扯扯語意雙關的牛皮，彷彿一種性暗示，往往讓目瞪口呆的客人有點兒手足無措。

狩獵隊隊長是否在客人的身上罩上他的霧霾披巾呢？可是，就如同二十四位德國工業大祭司，哈利法克斯伯爵應該對戈林有點認識才對，應該多少聽過他的歷史：他參與的政變、他對新奇制服的著迷、他的嗎啡癮、他在瑞典被拘禁一事、他的自殺傾向，還有他對暴力、抑鬱與混亂心智無可救藥的沉迷。只是哈利法克斯伯爵無法堅定面對這位首次駕駛飛機的英雄，這位第一次世界大戰的飛行員，同時也是降落傘商人的老兵。哈利法克斯不是笨人也不是政治門外漢，他應該心裡有數，所以對戈林安排的這趟散步一點也不覺得奇怪。從一部新聞紀錄短片上我們看見他們倆悠然在野牛保護區散步，戈林當下非常輕鬆自在，大談他的處世哲學。我們無法忽視他插在帽子上的那根形狀怪異的羽毛，身上那副皮毛製的衣領，還有那條看來滑稽梯突的領帶。跟父親一樣也愛打獵的哈利法克斯呢，應該也很開心踏上這趟紹爾夫海德[23]之旅，只是他無法不注意赫爾曼．戈林身上穿的那件奇怪皮衣與腰帶間那把短刀，也無法假裝沒聽見那些滿是粗鄙玩笑的無聊影射。他或許看見他拉弓射箭時裝扮成街頭賣藝者的行頭；毫無疑問也看見馴化了的野生動物，看見幼獅前來舔舔主人的臉頰。即使他從未見過以上種種，即使他與戈林只相處了一刻鐘，

23 紹爾夫海德（Schorfheide），位於德國東北部，是勃蘭登堡州的一個市鎮。戈林在此擁有一塊私人狩獵區，並於鎮上建造「卡琳宮」，紀念因病而逝的妻子。

他肯定聽人提過戈林家裡地下室的巨型軌道玩具火車，最後，必然也聽聞那一大堆耳語相傳奇奇怪怪的蠢事兒。而哈利法克斯這老狐狸不可能不知道他那極度自我中心的躁鬱傾向，或許甚至見過他在敞篷汽車裡陡地放開方向盤然後在風中大聲叫喊的模樣！是的，他無法不看穿藏在笨重浮腫外殼下的恐怖內裡。然後，他去會見元首；再一次，哈利法克斯這傢伙仍然是什麼也沒看到！他甚至讓希特勒了解德國對奧地利與對捷克斯洛伐夫一部分領土的野心只要在和平與協商的方式下進行，英國皇室是不會覺得不合法的。哈利法克斯並非膽小怕事，但最後這段小插曲標記了他真正的人格。在被帶到貝希特斯加登[24]時，哈利法克斯伯爵瞥見一個身影靠近座車，以為是前來帶他爬上大門台階的僕役，所以當車門一開，他就隨手遞上大衣。不過，立即有人上前——也許是馮．紐賴特或是其他什麼人，或許是個僕役吧——湊近耳邊提醒他：「元首！」哈利法克斯伯爵這才一抬頭，果真是希特勒，他竟然把他當奴才看待！事實上他是不屑於抬頭的，如同之後他在自己的回憶錄《歲月靜好》（*Fullness of Days*）一書中所敘：他首先看到褲管，再往下：一雙皮鞋。筆調是諷刺的，哈利法克斯伯爵企圖引人發笑，只是我並不覺得好笑。這位英國貴族，這位高傲筆直站在他成排祖先之後的外交官，裝聾賣傻，目光如豆，讓人打從心底發冷。不就是這位非常尊貴的第一子爵哈利法克斯在他擔任財政大臣任內堅決反對任何對愛爾蘭的額外支援嗎？因而引發的饑荒竟然造成一百萬人死亡。至於哈利法克斯的父親，也就是尊貴無比的第二子爵曾經擔任國王的侍從，死後他的另一個恍若幽靈的兒子出版了他生前所收藏的鬼怪故事，只是惡行真能藏身在這些光鮮亮麗的表象下嗎？再說，這個笨拙之舉並沒有什麼特別之處，它不是一個冒失鬼幹的蠢事，它是社會的盲目所造成，它是傲慢。至於理念方面，哈利法克斯可不是過度拘謹之流。因而，有關與希特勒會晤一事，他在給鮑德溫[25]的信上如此寫道：

24 貝希特斯加登（Berchtesgaden），位於德國巴伐利亞州東南部的阿爾卑斯山腳下，以希特勒的別墅「鷹巢」聞名，是一九三九年希特勒五十大壽時，納粹黨興建送給他的生日賀禮。

25 斯坦利・鮑德溫（Stanley Baldwin, 1st Earl Baldwin of Bewdley, 1867-1947），英國保守黨政治家，曾經出任財政大臣及英國首相。

「國族主義與種族歧視都有強大的威力，但我不認為它們是違反自然，或者是不道德的！」緊接著又寫道：「我不再懷疑這群人是否真正怨恨共產黨。我可以跟您保證，如果我們是他們，我們也會有同樣的感受。」這就是今天我們仍然稱之為綏靖政策[26]的緣起。

26 綏靖政策，一種對侵略不加抵制，姑息縱容，退讓屈服，以犧牲別國為代價，同侵略者勾結和妥協的政策。第二次世界大戰前，這一政策最積極的推行者是英、法、美等國。

4

恫嚇

此刻我們還在禮貌性拜訪的行程中。然而，十一月五日，大約在哈利法克斯伯爵來與德國人談和的十多天前，希特勒已經告知軍隊將領他計畫以武力占領一部分歐洲，首先將入侵奧地利與捷克斯拉夫。自從黑格爾稱頌德國民族精神，謝林[27]夢想心靈相通，存活空間的概念已不是什麼新鮮事兒，尤其在赫爾德[28]的狂熱與費希特[29]的演講之後，我們發覺德國的土地過於窄小。再說，既然我們永遠摸不著欲望之底，既然我們的眼睛永遠轉向消失的地平線，一丁點兒對偏執錯亂的狂妄是會讓癖好更加誘人的。當然，會議是祕密召開的，不過我們約略可以了解在哈利法克斯到訪不久之前柏林當時的氣氛。不僅如此，十一月八日，訪問前九天，戈培爾[30]已

27 謝林（F. W. J. Schelling, 1775-1854），德國哲學家，是德國觀念論及浪漫主義的代表人物。
28 赫爾德（Johann Gottfried Herder, 1744-1803），德國哲學家、路德派神學家與詩人。
29 費希特（Johann Gottlieb Fichte, 1762-1814），德國哲學家。他有關政治哲學的理論被一些人認為是德國國家主義之父。一八〇七年，他在法軍占領的柏林，發表了著名的〈對德意志民族的演講〉。
30 保羅・約瑟夫・戈培爾（Paul Joseph Goebbels, 1897-1945），德國政治家。擔任納粹德國時期宣傳部部長，擅講演，被稱為「宣傳天才」，以鐵腕捍衛希特勒政權和維持第三帝國的體制，被認為是「創造希特勒的人」。

經在慕尼黑為一個大型藝術展覽「永恆的猶太人」揭幕，這是當時的背景舞台。無人可以無視納粹的計謀，無視他們種種粗暴的意圖。一九三三年二月二十七日的國會縱火案，同一年也有達豪集中營的啟用，精神病患結紮法令也是這一年，下一年長刀之夜[31]，一九三五年則有德意志尊榮與血統的保護法與種族性格調查，林林總總著實不少。

奧地利是威瑪共和政權即言即行的第一個國家，當時身高僅一米五的總理陶爾斐斯竊取所有權力實行專制，在一九三四年被奧地利納粹分子槍殺後，新總理許士尼希繼承他的威權統治。德國因此在好幾年間都實行一種偽善的外交政策，結合了謀殺、恐嚇與誘惑等等手段。終於，哈利法克斯訪問三個月之後，希特勒馬上抬高了嗓門。許士尼希[32]，這位奧地利的小暴君被召喚到巴伐利亞，正是強制發號施令的時候了，背後操作的階段已然落幕。

一九三八年二月十二日，許士尼希前往貝希特斯加登會晤阿道夫・希特勒。一身滑雪裝扮抵達火車站——行程的藉口就是冬季滑雪假期。就在我們把他的滑雪器材裝上火車的當下，維也納嘉年華會的慶祝狂歡正達到高潮，最歡樂的日子因此與歷史上最可怖的會晤重疊。銅管樂、方陣舞，還有最後獻上的花束。在到處堆滿糖果、糕點的城市裡，人們演奏史特勞斯優雅迷人的圓舞曲。維也納的嘉年華會確實沒有威尼斯與里約的有名，面具沒有那麼漂亮，舞蹈也沒有那麼狂熱。不，在這兒只有一個接一個的舞會。儘管如此，它還是一個盛大的節慶，由小型天主教政權與行會主義者組成的團體策畫舉辦。如此，正當奧地利垂危之際，國家總理卻在夜

31 長刀之夜、蜂鳥行動、血洗衝鋒隊，或者羅姆政變，都是指稱發生於德國一九三四年六月三十日至七月二日的一場政治清洗行動，希特勒血洗給自己政權立下汗馬功勞的衝鋒隊。因為無法控制日益擴大的衝鋒隊組織，尤其領導者恩斯特・羅姆強悍的領導風格，於是在政敵國防軍、黨衛隊與祕密警察的慫恿下，希特勒下令將其主要頭目全部鏟除。然而，這次清洗行動終於無限擴大，那些曾經對希特勒、對納粹政權不滿的政治與社會人士都一併納入清洗名單，導致最終的死亡人數已經無法統計。

32 庫爾特・許士尼希（Kurt Schuschnigg, 1897-1977），奧地利政治家，在一九三四年接替被刺殺的恩格爾伯特・陶爾斐斯（Engelbert Dollfuß, 1892 -1934）成為奧地利第一共和國的總理。

裡悄悄走掉，一身滑雪裝扮趕赴一趟未必可信的旅行，而奧地利人卻在城裡狂歡作樂。

早上薩爾茲堡的車站就站著一排武裝警察，天氣既溼且冷。載著許士尼希的轎車沿著機場航道之後就駛進國道；灰濛濛的天空引他出神遐思，摻著霜塊，他的幻想與車子的起伏晃動一起擺蕩。所有的生命都是卑微與孤獨的，所有的路程也都是哀傷的。國界漸近，許士尼希突然擔心起來，意識到自己行將接近真實；他轉而看著司機的腦袋瓜。

在邊界處，馮．帕彭[33]來迎接他，他高雅的長臉讓總理放下了心。就在上車的當下，馮．帕彭告知他將會有三個德國將軍參與會議。「希望您不會覺得不便。」他漫不經心地說道。恐嚇的企圖明目張膽，粗暴的操控讓人啞口無言，沒人敢搭腔。我們內心深處那個極其親切、極其內向的存在代替我們回了話；只是他說了不該說的話。所以，許士尼希沒有抗議，車子繼續前行，彷彿什麼也沒發生。就在他呆滯的眼神往路邊低處看時，一輛軍用卡車超過他們，緊接著又是兩輛黨衛隊的鐵甲車。奧地利總理隱隱約約感到焦慮，他來此胡蜂巢做什麼呢？慢慢地，車子開始往貝希特斯加登攀爬，許士尼希直直瞪著松樹頂看，試著鎮定紊亂的心緒。他沉默著，馮．帕彭也是緘口不言。然後車子到了貝格霍夫[34]。行館的大門開了旋即關上，許士尼希意識到自己一頭掉進了恐怖的陷阱。

33 弗朗茨．馮．帕彭（Franz von Papen, 1879-1969），德國政治家和外交家，曾在一九三二年擔任德國總理。

34 貝格霍夫（Berghof），是阿道夫．希特勒的一處行館，元首總部之一，位於德國巴伐利亞州貝希特斯加登附近。

5 貝格霍夫一晤

經過幾回禮貌性的周旋，早上十一點鐘左右，等奧地利總理一腳踏進阿道夫・希特勒的辦公室，門就關上了。也因此發生了歷史上最離奇怪誕的一幕，當時只有一個證人，他就是庫爾特・馮・許士尼希本人。

在他的回憶錄《奧地利安魂曲》（*Austrian Requiem*）一書最哀傷的篇章中，繼塔索[35]有點學究味的題詞之後，敘述由貝格霍夫行館的一扇窗戶起頭。奧地利總理接受元首的招呼坐下，他翹起腳又旋即放下，很不自在，全身發軟，沒有一點力氣。剛才的焦慮還在，此刻懸吊在天花板的隔層裡，躲藏在扶手椅下。不大清楚該說些什麼，許士尼希左看右看，開始讚美眼前景致，然後興致勃勃提到曾經在這個辦公室裡舉行的幾場關鍵性會議。惹得希特勒當下糾正他的話題：「我們不是來這兒談天說地的！」許士尼希嚇呆了，企圖走出當下困境的他卻又笨頭笨腦談起一九三六年

35　托爾夸托・塔索（Torquato Tasso, 1544-1595），義大利詩人，文藝復興運動晚期的代表人物，著有多部長詩、田園劇、文藝理論著作，代表作品是敘事長詩《被解放的耶路撒冷》。晚年因為宗教迫害而精神失常，被囚禁於精神病院。

七月德奧簽訂的那份簡陋和議，猶如他只是來這兒澄清幾個暫時而且微不足道的疑難。絕望的他抓住良心如同抓住救生圈一般，終於奧地利總理宣示他最近這幾年來執行親德政策，一個堅決斷然的親德政策，而這正是阿道夫・希特勒對他的期待！

「什麼！您說這個是親德政策，許士尼希先生？您所做的其實是反其道而行！」他叫嚷著。然後許士尼希一個愚蠢的辯解更是火上加油讓希特勒咆哮起來：「再說，奧地利從未做過對威瑪有利的事，它的歷史是一個不斷背叛的延續。」

許士尼希的手心立即出汗，房間更加顯得空蕩蕩。奇怪的是一切又顯得如此安靜。扶手椅鋪上一層俗氣的布幔，坐墊太軟，護壁板的木工勻稱整齊，燈罩鑲上一圈小絨球。突然，許士尼希獨自坐在寒冷的草地上，在冬天廣袤的天空下面對著群山。窗戶變得無限寬大，希特勒用他無神的眼睛看著眼前的人，許士尼希再次翹起腳，然後調了調眼鏡。

現在，希特勒叫他「先生」，鎮定的許士尼希繼續稱呼他「總理」；希特勒連珠炮似地轟炸訓斥他，許士尼希為了辯解，只能繼續吹噓自己的親德政策；此刻德意志總理辱罵著奧地利，甚至咆哮奧地利對德意志歷史一點貢獻也沒有，寬宏大度的許士尼希沒有轉身離開，也沒有即刻制止眼前放肆的場面，只是像個好學生拚命在記憶裡尋找一個奧地利對德意志有所付出的史實，誠惶誠恐的他全速翻找歷史檔案。只是他的記憶一片空白，世界一片空白，奧地利也是一片空白，然而元首的眼睛仍然死盯著他。那麼，被沮喪壓倒的他，究竟找到了什麼呢？貝多芬，他找到了路德維希·馮·貝多芬，暴躁的聾子，共和國主義者，一個絕望的離群索居者。是貝多芬讓他從退卻挫敗抽身而出，那位酗酒者的兒子，那位臉色黝黑的人；他就是奧地利總理庫爾特·馮·許士尼希，這位膽小怕事的種族主義者從歷史口袋掏出來在希特勒面前晃動了幾下的白手絹。可憐的許士尼希。他找了一位音樂家來抵抗狂熱，找了《第九號交響曲》來抵抗軍事威脅，找了〈熱情〉奏鳴曲的幾個音符來證明奧地利在德意志歷史中確實扮演了某種角色。

「貝多芬不是奧地利人。」希特勒反駁他，口氣冷嘲熱諷。「他是德國人。」這倒是真的，許士尼希甚至始料不及。毋庸置疑，貝多芬生在波恩，所以是德國人。而波恩，不管從什麼角度來衡量，即使把桌巾悄悄掀開，搜索歷史年鑑，波恩從未屬於奧地利，從來沒有。波恩與奧地利的距離跟巴黎一樣！就如同說貝多芬是羅馬尼亞人，甚或是烏克蘭人，這樣其實也沒有更遠。為何不是克羅地亞人呢？當我們就在克羅地亞時，或者為何不是馬賽人呢？既然較諸其他城市，馬賽離維也納也沒有遠很多。

「是的，」許士尼希嘟噥著。「不過他已入籍奧地利了。」顯然我們並非在國家領導階層的會議中。

天氣陰鬱，會晤結束，該是一起吃飯的時間。他們肩並肩一起下樓，就在進入貝格霍夫的飯廳前，許士尼希被一張俾斯麥[36]的畫像嚇住了：總理左邊的眼瞼已經明顯垂到眼睛，眼神是看穿一切的冷漠，皮膚則顯得鬆弛。等進了飯廳坐下；希特勒坐在飯桌的中間，奧地利總理就在他的正對面。飯局進行得很順利，希特勒看起來很輕鬆，甚至很多話。突然一陣稚氣衝動，他提到必須在漢堡蓋一座全世界最長的橋。然後又提到——顯然已經無法自我克制——也會盡速在那兒再蓋上幾棟全世界最高的建築物，讓美國人知道德國人比他們蓋得更高更好。飯後，大家走到客廳，咖啡是由年輕的警衛隊伺候的。等希特勒一走，奧地利總理便使勁抽起菸來。

我們能見到的許士尼希的照片顯出兩種神情：一種傲慢嚴肅，另一種靦腆克制，幾近幻想者的神情。在一張著名的照片上，他嘴唇緊閉，表情迷惘，身上散發一種放棄敗落的氣息。照片是一九三四年在他日內瓦的公寓裡拍的，許士尼希站著，或許焦慮不安。臉部輪廓流露某種軟弱，某種猶豫不決。手上似乎拿著張紙，但影像不是很清楚，還有一塊暗黑的斑點腐蝕了照片的下方。如果我們仔細端詳，我們注意到上衣有個口袋的翻邊被他的手臂弄皺了，接著我們還會看見背景的右側

---

36 俾斯麥（Otto Eduard Leopold von Bismarck, 1815-1898），十九世紀德國最卓越的政治家，擔任普魯士首相期間通過一系列鐵血戰爭統一德意志，並成為德意志帝國第一任宰相，人稱「鐵血宰相」、「德國的建築師」及「德國的領航員」。

闖進一件奇怪的物品，好像是一株植物。但是，無人知曉我剛剛描述的這張照片，得到法國國家圖書館的攝影與版畫部門才能見到，我們看到的已經是剪裁與調整過焦距的圖像了。因此，除了幾個負責分類與維護資料的基層檔案管理員，從來沒人見過許士尼希口袋上那個沒有合攏好的翻邊，也沒人見過照片右邊那株植物或者是其他什麼的奇怪物品，更別說那張紙了。景象一經調框感覺就完全不一樣，這是端莊體面的官方版本。只須消除幾個沒有意義的毫米與一小塊真實，奧地利總理就會顯得嚴肅些，緩和了原始照片上那種慌亂的神情。如同調整景深，刪去幾個不調和的因素，把焦距放在他身上的這幾個操作就會讓許士尼希多了點精神。沒有什麼是單純沒有動機的，這就是敘事的藝術。

不過，此刻在貝格霍夫的問題或許不在於看起來是否精神奕奕，是否行事得體，在這兒，有效的取景角度只有一種，有效的說服藝術只有一種，獲取我們所渴求之物的方法也只有一種——畏懼。是的，在這兒畏懼統領一切。屬於修辭性質的禮節，以節制方式展現的權威，所謂的門面功夫在這兒都全部終消失。此時，小貴族地主全身發抖，首先令他無法置信的是，竟然有人膽敢跟他——許士尼希——如此講話。事後不久，他跟一位親信談起，覺得自己受了侮辱。只是當時他並沒有轉身離去，並沒有表示任何不快，只是兀自抽著菸，一根接一根。

漫長的兩個小時過去了。近四點鐘時，許士尼希與他的顧問被帶到毗鄰的房間會晤賓特洛甫[37]與馮・帕彭，要他們過目新近擬定的兩國協議書條文，強調這是元首可能做到的最大讓步。那麼協議書究竟規定什麼呢？首先規定——以空泛沒有什麼意義的語言——對於與雙方有關的國際事務，奧地利與威瑪必須互相磋商。規定——請注意事情由此複雜了——奧地利必須接受社會國家主義信念，任命納粹分子賽斯—英夸特全權入主內政部——不可思議的干預。也規定任命另一位家喻戶曉的納粹分子福斯博克博士[38]進入內閣。接著規定奧地利赦免所有被關進牢獄的納粹

---

37 烏利希・弗里德里希・威廉・約阿希姆・馮・里賓特洛甫（Ulrich Friedrich Wilhelm Joachim von Ribbentrop, 1893-1946），納粹德國政治人物，希特勒政府時曾任駐英國大使和外交部長等職務。

38 漢斯・福斯博克（Hans Fischböck, 1895-1967），奧地利銀行家，曾擔任奧地利經濟部長、財政部長，以及納粹占領荷蘭時期的財政部長。

分子，包括罪犯在內。規定奉行國家社會主義的公職人員與軍官重新復職。規定兩國軍隊立即交換一百多位軍官，並且派任納粹分子葛雷茲．侯斯特納擔任戰爭部部長。最後規定——終極凌辱——遣散全部奧地利宣傳單位主管。八天內所有措施必須生效，而兩國作為交換條件的是一則全盤否認自己剛剛所訂立內容的條款——終極讓步：「德國重申奧地利主權獨立，奧地利履行一九三六年七月簽訂的德奧協定。」在以上種種規定之後，協議書竟然結束於一則令人難以置信的條文：「德國放棄一切對奧地利內政的干預。」這一切實在離譜得令人難以置信。

接下來的討論，許士尼希試圖減緩德國的強求；尤其最要緊的是扳回面子。他們重新討論細節，有如一群圍著池沼的癩蛤蟆彼此傳遞輪流使用同一隻眼睛與同一隻牙齒。最後，里賓特洛甫接受修正三個條例，幾經談判而加進一些無關緊要的改變。突然，討論被打斷：希特勒叫人傳喚許士尼希。

辦公室灑滿燈光，希特勒大步來回踱著。再次，奧地利總理感到不安。就在他坐下的當兒，希特勒馬上用話挑釁他，宣稱同意嘗試最後一次的協調：「這是方案，不能談判，我連個逗號都不會更動！不是您簽署，就是我們的會晤沒有結果。今夜我再決定。」元首臉上有著前所未有的嚴肅與陰森。

眼前，總理許士尼希正面臨恥辱或者恩寵的抉擇。他得屈服於這個平庸的詭計然後接受最後通牒嗎？身體是享樂的工具，阿道夫．希特勒的身體就是沒辦法安靜下來，僵硬時如同木頭人，刻薄時如同向人挑釁的唾沫。他的身體必定浸透夢境與意識，我們以為可以到處發現他的行蹤，在時代的暗影，在牢獄的牆上，匍匐在行軍床下，在人們刻下糾纏他們身影的地方。如此，或許就在希特勒給許士尼希下最後通牒，透過時間與空間的偶然結合，世界的命運，一瞬間，就那麼一瞬間放到庫爾特．馮．許士尼希手中的時候，在幾百公里遠的地方，在巴萊格[39]的精神病院

39 巴萊格（Ballaigues），位於瑞士聯邦西部法語區沃拉省的一個市鎮。

裡，路易斯．紹特[40]或許正用手指在大片紙張上畫著陰暗之舞系列中的一張。醜陋可怖的傀儡在滾動著黑色太陽的天際擺動身姿，他們四處逃竄，骨骼與鬼魂在漫天霧靄中出沒。可憐的紹特，已經在精神病院待上十五年了，十五年來就在從垃圾桶偷偷撿來的紙張或者用過的信封袋上作畫宣泄他的焦慮。而也就在歐洲命運正於貝格霍夫搬演時，他那些扭曲如鐵絲的小人物，陰暗難懂如同時代的徵兆。

紹特曾經遠遊，從離家很遠的另一個國度帶回令人憂慮的孱弱身體。之後，歷經種種磨練，旅遊季節時給茶舞會演奏音樂，所到之處瘋子之名不脛而走。他的臉上有種深沉的憂鬱，後來被關進巴萊格的精神病院。偶爾，他逃走；我們再把瘦削如柴幾乎凍死在某個地方的他抓回來。他樓上的房間堆滿了圖畫，一大疊一大疊的素描都是黑色的身影，一些五官不規則比例奇特的身體，正在抽動著的嚴重殘疾人物。被鄉間長途的跋涉所累，他的身形瘦弱單薄，臉頰凹陷，一顆牙齒也沒有。終於，不再能拿筆繪畫，關節疾病使得他的手變形，幾乎目盲，一九三七年左右，只有把手指浸泡在墨汁裡，開始以手指繪畫，當時他快七十歲了。他因而完成了一生中最好的作品；他開始畫一群群晃動不安，瘋癲狂亂的黑色側影。彷彿一串串的血塊，或者蚱蜢的飛翔。這種瘋狂般的躁動占據路易斯·紹特的心靈，類似一種恐嚇他的糾纏。但是，就在他隱居汝拉省巴萊格這麼多年之際，我們如果聯想到他身處的歐洲正在發生的一切，我們可以認為這些彎曲扭動、受苦、手勢誇張，長河一般的黑色身體與這些彷彿鏈條一般串連起來的屍體正在預言著什麼。好像被妄想纏身的可憐紹特或許無意間就用手指記錄了他周遭世界的末日。好像老紹特讓整個世界的鬼魂絡繹不絕跟隨一輛破舊的靈車。一切幻化成火焰，成濃煙。他把扭曲的手指浸入小罐裡的墨汁，然後向我們展示了他那個時代充滿死亡陰影的真實。一場大型的死神之舞。

在貝格霍夫，我們離路易斯·紹特很遠，遠離他奇特的靦腆，遠離巴萊格的食堂，我們在這兒幹些低下的活兒。在路易斯·紹特把他那致命的手指浸泡在墨汁罐

40 路易斯·紹特（Louis Soutter, 1871-1942），瑞士工程師、建築師、畫家和音樂家。才華洋溢、見多識廣的他晚年的心靈卻被死亡的焦慮所折磨，繪畫成了他對抗死亡的方式。

子的那一瞬間，許士尼希正死死盯住希特勒。他事後在回憶錄裡提到希特勒有操控人心的魔法時如此寫道：「元首透過強大的磁力把人吸引到他那兒，然後再以如此這般的暴力把人推開，以致深淵裂開，就再也無法填平。」我們看到這位許士尼希不吝於搬弄一些神祕晦澀的理由來為自己的軟弱辯護。威瑪政權的總理是位神奇不可思議之人，正是戈培爾的宣傳想要呈現的形象：這是個具有異常創造性稟賦的虛幻人物。

終究，許士尼希屈服了，甚或更糟，他嘟嘟噥噥語意不清。繼而他宣布準備簽約，不過附帶了一個前所未見，羞澀軟弱，甚至可笑的異議：「我只是想讓您理解……」他以一種既狡黠又軟弱，一種把人格扭曲變形的語氣繼續說道：「這份簽署對您不會有任何幫助的。」此刻，他應該咀嚼回味希特勒的驚訝。他應該咀嚼回味這一丁點兒的優越感，這個在希特勒面前他唯一能夠抵抗命運的優越感，即使如火花一般短暫。是的，他也許應該像蝸牛那般以另一種方式欣喜，欣喜自己的觸角是柔軟的。是的，他應該欣喜至極。這一反駁，沒人接話，安靜著實持續了很久一段時間。許士尼希感受到自己那不可戰勝的內心深處，即使極其微細。所以，他坐不住了。

希特勒愣了一下，這個正在跟他說話的人究竟是誰？「根據憲法，」許士尼希這下水漲船高，說得一本正經，「這是我們國家的最高權力，也就是任命政府官員的共和國總統，如同赦免也是他的特權。」就是這樣，他不願屈服於希特勒，他仍然必須一個接一個找理由來保衛掩護自己。他，一位小國專制君主，突然，在他權力受阻的當下，他選擇接受分享。

不過，最奇怪的還是希特勒的反應，現在換他嘟嘟噥噥語意不清了：「那麼您有權……」彷彿他搞不清楚發生了什麼事，有關憲法的異議超乎他的想像，而為了利於宣傳，表面強加鎮定的他應該會突然不知所措。憲法如同數學，我們無法作弊。他又嘟嘟噥噥：「您應該……」至於許士尼希這會兒當真享受他的勝利；結果，他贏了！以他的權力，以他的法學造詣，以他的學位，他贏得了勝利！終於，傑出的律師制服了無知的小煽動者。是的，憲法之所以存在，不是為了白蟻或者幼鼠，不，是為了總理，是為了國家真正的領導人，因為，先生，您必得明白，一則憲法條令阻擋你前進就如同樹幹或者路障那樣有效！

因此，極度激動的希特勒出其不意打開辦公室的大門朝門廳那兒大喊：「凱特爾將軍！」然後轉身向許士尼希叫道：「待會兒再叫人找您。」許士尼希離開，大門關上。

紐倫堡審判時，凱特爾將軍[41]對接下來的場景做了如下的敘述，他是當時唯一的證人。當將軍進入辦公室時，希特勒示意他坐下，然後自己也坐下來。就在這扇神祕的木門後邊，元首告訴他沒有什麼特別事要說，然後就那麼一會兒時間，他身體不動話也不說，全場便沒人再動了。希特勒完全沉浸在自己的思考裡，凱特爾也是一聲不吭，僅僅靜靜坐在他身旁。事實是總理把凱特爾當成一顆棋子，一顆受人擺布的棋子而已，他就是如此利用他。就這樣，非常奇怪的事發生了，這個持續了許久時間的協商其實什麼也沒發生，嚴格地說就是什麼事都沒做。至少凱特爾是如此講述的。

這個時候，許士尼希與他的顧問擔心更糟的事還在後頭，甚至擔心會遭逮捕。四十五分鐘滴滴答答流淌……里賓特洛甫與馮．帕彭繼續機械性地談論協議的條款；不過，有什麼用呢，既然希特勒已經宣布連一個逗點也不會更改。對許士尼希來說這是一種自我安慰的方法，他使盡全力讓局勢必須在正常運轉的模式下進行。他繼續裝模做樣如同一切確實涉及兩國元首間的會談，如同他仍然是一個主權國家的代表。儘管實際上他只是避免給自己艱難的處境上演一齣無法彌補的官方版本。

最後，希特勒叫來庫爾特．馮．許士尼希。這正是諂媚藝術奧妙之處，當人們正苦於冷熱無常的接待與變換無常的語氣，阻礙卻突然消失無影。「我人生中第一

41 威廉．凱特爾（Wilhelm Bodewin Johann Gustav Keitel, 1882-1946），曾任德軍最高統帥部總長；他是第二次世界大戰德軍資歷最老的指揮官之一，戰後被判絞刑處死。

次決定重提一個已經定案的裁決。」阿道夫・希特勒突然說道，彷彿他授予一個無限的特權。此刻，或許，希特勒笑了一下。當歹徒或者瘋狂之徒笑的時候，我們很難抵抗；我們希望儘早結束與災難的起因打交道的時間，我們期待和平。況且在兩個精神折磨期間，一個微笑毫無疑問釋放了奇特的誘惑力，彷彿陰霾中短暫出現的晴天。「只是，我必須再次重複，」希特勒慎重地吐露了心聲，「這是最後一次的嘗試，我期待協議從現在起三天內生效。」這句話表明了不僅什麼改變也沒有，連可以修改的細節也沒有列入考慮，甚至連最後通牒的期限也毫無來由地縮短了五天，許士尼希毫無怨言地接受了。筋疲力竭，彷彿他得到對方的讓步，贊同了這個實際上比第一個版本更糟糕的協議。

檔案送去祕書處後，愉快的會談氣氛持續著。現在希特勒開始稱呼許士尼希為「總理先生」了，實在叫人難以忍受。最後，終於簽署了打成文字的協議，威瑪的總理建議許士尼希與顧問留下來吃晚餐。他們委婉謝絕了。

6 不要決定的方法

接下來的日子，德國軍隊全力進行恫嚇演習，希特勒下令幾位優秀的將軍模擬侵略作戰。軍事歷史讓我們熟知各種攻防戰術，出人意表的是這回實在超乎尋常。它不是戰略或者兵法的一部分，不是，此刻戰場上還沒有人。它只是簡單的心理操作，也就是恐嚇。想像德國將領聽命於這個戲劇式的進攻便令人驚訝不已。他們讓引擎呼呼作響，螺旋槳嗡嗡轉動，一陣嬉笑之後派遣卡車在臨近邊界的地方打空炮。

在維也納米克拉斯總統[42]的辦公室裡，畏懼的情緒升溫，操控果然生效。奧地利政府認為德軍確實準備入侵，所以盤算了所有瘋狂的對策。以為把希特勒的故鄉，連同市內一萬個居民、漁人噴泉、醫院與餐館當作禮物送給他便能撫慰他。是啊，把故鄉，把帶有貝殼形氣窗的祖屋送給他，把他的一段記憶送給他，跟他交換

---

42 威廉・米克拉斯（Wilhelm Miklas, 1872-1956），一九二八年當選奧地利第一共和國總統。一九三八年三月十一日，德國要求奧地利撤換總理許士尼希，改由親納粹的阿圖爾・賽斯—英夸特擔任總理，否則德軍將會入侵奧地利。許士尼希在當日辭去總理一職。米克拉斯起初拒絕任命賽斯—英夸特為總理，在十一日午夜終於向德國的軍事威脅屈服，任命賽斯—英夸特為總理。賽斯—英夸特隨即邀請德軍進駐奧地利。三月十三日，德國正式吞併奧地利。

和平！許士尼希再也想不出其他什麼方案來保住他的小小寶座，由於畏懼即將逼近的侵犯，他懇求米克拉斯接受協議並任命賽斯—英夸特為內政部長。許士尼希保證此人不是怪獸，而是位溫和的納粹主義者，一個真正的愛國分子。再說，被希特勒操控的納粹分子賽斯—英夸特與小小獨裁者許士尼希都出身良好家庭，可說是一對朋友。兩人都有法學背景，都翻過《查士丁尼法典》，其中一人寫過一小篇學識淵博的文章研究源自羅馬人沒有來歷帶有神祕色彩的法律問題，另一個則寫了篇出色的論文探討令人摸不清頭緒的法律經典。更何況他們都喜愛音樂，瘋狂般地喜愛。兩人也都仰慕布魯克納[43]。在舉行過維也納會議的總理辦公室，或者在塔列朗[44]蹬著尖頭高筒皮靴吐出蛇蠍之舌的走廊通道，許士尼希與賽斯—英夸特談論受一位和平使者梅特涅[45]保護的布魯克納；他們聊安東．布魯克納，聊他虔誠與樸素的生活。提及此，許士尼希的眼鏡蒙上了水氣，聲音嘶啞。或許想起了他第一任妻子的駭人車禍，還有一段愧疚與哀傷的時光。賽斯—英夸特則靠著大廳的窗櫺，扶了扶他的金色細框眼鏡，千迴百轉緩緩宣泄理不斷的思緒。他語帶感情低聲說道不幸的布魯克納曾經被拘留了三個月；許士尼希因著低下頭來；而額頭上有著無以名狀青筋的賽斯—英夸特繼續出神地談起安東．布魯克納在他漫長、非常漫長單調的散步中數著樹葉的情景，被某種神祕單一的力量所驅使，他從一棵樹數到另一棵樹，憂心忡忡看著讓他苦惱的數字逐次增加。而且他也數地面的石板、大樓的窗戶，而每回與婦人談話，他也無法克制立即數起她們項鍊的珠子。他數家裡狗身上的毛，數路過者的頭髮，還有天上的雲朵。人們把這種症狀叫做「強迫性神經症」，是一種讓他

---

43 安東．布魯克納（Anton Bruckner, 1824-1896），奧地利作曲家、管風琴演奏家和音樂教育家，以創作交響曲、彌撒曲與經文歌著稱，是德奧派浪漫主義樂派的代表人物之一。

44 夏爾．莫里斯．德．塔列朗—佩里戈爾（Charles Maurice de Talleyrand-Périgord, 1754-1838），出身古老的貴族家庭，是位法國主教、政治家與外交家。是拿破崙眼中一位十分能幹的外交官，「塔列朗式」已經成為一種玩世不恭、狡猾的外交態度之代詞。

45 克萊門斯．文策爾．馮．梅特涅（Klemens Wenzel von Metternich, 1773-1859），德意志出生的　地利外交官，是十九世紀上半葉歐洲政壇風雲人物之一。一八〇九年梅特涅任奧地利帝國外交大臣，當時的歐洲大陸局勢動盪，奧地利面臨封建統治滅頂之災。他縱橫捭闔，施展靈活的外交手腕與運用敏銳的判斷力，使奧地利周旋於歐洲大國之間。

疲憊衰竭的熱情。因而，賽斯—英夸特盯著大廳的吊燈接著說，布魯克納透過冷笑一般的寂靜來區隔他樂曲中的主旋律。甚或他的交響樂出自一種巧妙的結構，一系列規則的主旋律。賽斯—英夸特的手摩娑著大樓梯的扶手低聲說道，他的音樂敘述有其獨特性，依從一種完美堅實的邏輯，以致幾乎無法完成《第九交響曲》。整整兩年的時間，他或許放棄了最後那篇樂章，不斷修改作品的結果，是同一段樂章有時竟然擁有十七個版本。

許士尼希應該會被這種充滿猶豫與懊悔的瘋狂系統所吸引，這或許也就是為什麼他特別喜歡與賽斯—英夸特談論——如同一位證人所說——布魯克納《第九交響曲》中雄偉的銅管樂、駭人的靜寂、單簧管的聲息，還有小提琴緩緩吐出血紅色小星星的那個時刻。此外，他們也常常談起額頭很高的富特文格勒[46]，具有音樂家溫柔的氣質，以及手上拿著的那根像樹枝的小指揮棒。最後話題回到尼基施．阿圖爾[47]：透過在理查．華格納指揮下演奏貝多芬的尼基施．阿圖爾；透過他簡單的敲擊鍵盤，就能演奏出最繁複的交響樂旋律，彷彿尼基施．阿圖爾一個小小的動作往往就能把作品本身的內蘊從樂譜墨色的符號裡釋放出來；透過薩列里的學生李斯特指揮下的尼基施．阿圖爾，高昂愉悅的談興讓他們又談起了貝多芬與莫札特，終了，他們約略談到海頓不幸的貧困。因為海頓在成為大家熟知的全方位作曲家之前（歌劇、交響樂、彌撒、清唱劇、協奏曲、進行曲與圓舞曲），是車匠與廚娘家庭出身的貧困小孩，是在維也納的方磚路上廝混的小流浪漢，有時會在喪禮與婚禮中幫人演奏音樂勉強過活。只是貧困不是許士尼希與賽斯—英夸特有興趣的話題，不是，他們寧願選擇另外一條岔路，跟著李斯特走遍美麗歐洲的沙龍。

較諸許士尼希，賽斯—英夸特這一趟散步的下場可說悲慘多了。繼克拉科夫與海牙的行政職位之後，他在紐倫堡為自己可憐平庸啞角一般的官場生涯畫下了句

46 威廉．富特文格勒（Wilhelm Furtwängler, 1886-1954），德國指揮家與作曲家。一九二二年，富特文格勒成為柏林愛樂的音樂總監，他將自己視為德奧音樂的傳人，對貝多芬、布拉姆斯及布魯克納等人作品的詮釋獨到，具有相當的權威性。

47 尼基施．阿圖爾（Nikisch Artúr, 1855-1922），匈牙利指揮家與鋼琴家，被公認為布魯克納、柴可夫斯基、貝多芬與李斯特作品的傑出演繹者。

點。當然，他是全盤否認指控的。這位在德奧合併歷史扮演要角的人，他什麼也沒做；這位接受黨衛隊集團領袖勳章的人，他什麼也沒看到；這位後來在威瑪政權擔任不管部部長的人，他什麼都不知情；這位接著在波蘭出使總督介入鎮壓波蘭和平抗爭運動事件的人，他什麼命令也沒下；根據紐倫堡控狀，最後這位成為威瑪在荷蘭行政總督的人下令殺死四千多人，是公開表態的反猶分子，撤除所有猶太人的高階職位，這位熟稔諸種措施可置十萬荷裔猶太人於死地的人，他就是一無所知。在一片撻伐聲中，他這回恢復了律師職務的風度舉止，他辯護，他引用一件又一件的檔案，認真翻閱一捆又一捆的證據。

一九四六年十月十六日，五十四歲，父親埃米爾・讓伊提斯是學校督導，這位放棄本名而選擇了一個較為接近德國姓氏的人，這位在摩拉維亞[48]的斯托納若夫度過童年、九歲時遷居維也納的人，此刻正站在紐倫堡斷頭台上這處虛空之境。經過幾週的日夜監禁，牢房的燈光炫目猶如冰雪中的太陽火炬，某晚他被通知最後時刻已經來臨，下了幾步台階走到廣場，步履蹣跚的他被安排在最後一位，在軍人包圍下與其他囚犯列隊前進。一旦其他九位死囚皆已就刑，現在上場的就是這位跌跌撞撞跟著引領人的他了。放著絞刑架的倉庫裡像個粗陋的棚子，里賓特洛甫是第一位就刑人。平時的高傲神態不再，在貝格霍夫談判時的頑強意志也消失無蹤，只剩一個被迫近的死亡壓垮的跛腳老頭。

在其他八位就刑人之後，輪到了阿圖爾・賽斯―英夸特[49]。他往辦公室的方向走了一步，約翰・C・伍茲將是他最後的證人。放映機的鏡頭下，賽斯―英夸特像隻已經迷失方向的蝴蝶，突然看見伍茲碩大的臉龐。一份醫療報告以一種矛盾做作的方式吐露伍茲有些弱智——若非如此，究竟還有誰能承擔這種工作呢？其他證人

48 摩拉維亞（Morava），位於捷克東部。

49 阿圖爾・賽斯―英夸特（Arthur Seyß-Inquart, 1892-1946），奧地利納粹黨的代表人物，奧地利第一共和國末代總理，在其數日任期內完成德奧合併，並擔任納粹德國東部邊疆區（即奧地利）總督。第二次世界大戰期間歷任德占波蘭南部行政長官、副總督、德占荷蘭總督。戰後的紐倫堡審判中被判處絞刑。

則說他是位酗酒、好吹牛皮的可憐傢伙。也有人傳述在他劊子手生涯行將結束之際，也就是在十五年的忠誠公職之後，有回在猛灌十多瓶威士忌後吹噓自己執行了三百四十七件絞刑。是個有待考證的數字。不管如何，從一開始從事這份卑微的工作到十月的這一天，他已經吊死許多人；有張照片顯示一九四六年的另一天，在同為劊子手的喬安·海赫哈特協助下，他執行了三十多件死刑；左排的歸伍茲，右排則歸這位在威瑪第三共和時代已經執行過幾千件死刑，也因而後來被美國人應急延攬的海赫哈特。因為死亡終究會給予我們它所掌握的，對賽斯—英夸特來說，他對世界最後的印象便是如此一個紅通通、胖乎乎的臉龐。

那瞬間，賽斯—英夸特想說些什麼。說什麼呢？上流社會裡那些莫名其妙的言語、命令與法庭裡的論證都過去了，僅僅剩下一個句子，一個無關緊要的句子。我們聽見幾個貧乏的字以一種奇怪的組合湊在一起：「我相信德意志。」伍茲呢，往他臉部罩上一頂風帽並繫上活結，接著打開腳下的活板，賽斯—英夸特就此，在一個崩壞的世界中心，猛然消失於地洞裡。

7 絕望的嘗試

時間仍然是一九三八年二月十六日當天。在最後通牒下達之前的幾個小時，這回換深居在總統府裡的米克拉斯屈服了。我們赦免了殺害陶爾斐斯[50]的罪犯，任命賽斯—英夸特為部長，衝鋒隊掛著大旗在林茨的街上遊行。文件上，奧地利已經滅亡，落入德國的監督。只是就像我們所看到的，這兒沒有一點夢魘的密度，也沒有恐懼的光彩，只有引人憎惡的陰謀與詐騙。沒有暴力的高度，沒有恐怖反人道的話語，僅僅只有粗魯的恐嚇與平庸反覆的宣傳。

可是幾天之後許士尼希突然因此惱怒，顯然這個被迫的協約卡住他的喉嚨。猛然振作的他在國會宣布奧地利仍然獨立，所有的讓步也到此為此。這下惹怒了納粹，許多成員到街上散播驚恐，警察並不干涉，因為納粹分子賽斯—英夸特已經掌握了內政部。

50 恩格爾伯特．陶爾斐斯（Engelbert Dollfuß, 1892-1934），奧地利政治人物，基督社會黨籍，一九三二至一九三四年擔任奧地利總理。一九三三年三月之後政權逐漸走向專制，一九三四年七月在維也納納粹分子的一次劫持暴動中被納粹分子開槍射傷，四小時後死亡。陶爾斐斯死後由許士尼希接任總理。

沒有比這些更壞的了：這些失望悲傷的人群，這些佩戴著臂章與軍用勳章的保安隊，這個把狂怒揮霍在駭人路途上，這段掉入兩難困境的青春。此時，許士尼希，這位奧地利小獨裁者正要丟出他手中最後一張牌。啊，他應該知道所有的遊戲都有一個關鍵時刻，過了這個時刻遊戲是不可能重來的，只能看著對手亮出一張張的王牌然後吃進大把紙牌：皇后或者國王，這些我們沒有適時出手，這些我們害怕賭輸而戰戰兢兢保留在手中的王牌。因為許士尼希實在一無是處，什麼也不是，沒有朋友，沒有希望。這位許士尼希也有許多缺點，貴族的傲慢，還有絕對過時倒退的政治觀點。這位八年前讓一群天主教青年軍信任愛戴的領袖，這位在追求自由的屍體上跳舞的人不能希望此刻自由突然飛奔過來相救！沒有任何光線會突然閃過他夜晚的腦海，沒有任何微笑會綻放在他幽靈般的臉上來鼓舞他完成最後的義務。他嘴裡吐不出任何堅實的話語，沒有一丁點的優雅，沒有一絲的光明，什麼都沒有。他的臉不會掛滿淚水，許士尼希只是一個平庸的打牌者，一個蹩腳的算計者；他看來甚至相信德國鄰居的真誠，甚至相信不久前其實是被迫簽訂的那份協約的正當性。他的驚嚇來得有點晚，懇求他所嘲弄的女神，他要求一些可笑的干預以便收回已經失去的獨立。他當時不願面對現實，現在，眼前無法避免的可怕現實已經迎面而來，把他的妥協那些難言的祕密往他臉上一吐。

因此，溺水者最後的姿態便是尋求已經被禁了四年的工會與社會民主黨的支持。面對危難，社會主義黨員也應允援助，許士尼希立即提出全民公投來決定國家獨立與否的方案。希特勒氣炸了。三月十一日星期五這一天，是許士尼希這輩子中最長的一天，凌晨五點僕役便叫醒他。他把腳放到地上，地板冰涼，他穿上了拖鞋，我們向他報告德軍的大肆舉動，他們關閉了薩爾茲堡的邊境，也中斷了德奧之間的鐵路運輸。他只能忍氣吞聲，活著的疲累實在難以忍受，轉瞬間他突然覺得自己老了，可怕地老了；不過，他將有足夠的時間來思考評定自己這一生的對錯，他在威瑪第三共和時期坐過七年的牢，有整整七年的時間來思考以前是否該把他的小天主軍團組織起來，七年的時間讓他了解什麼才是真正的天主教。儘管享有某些特權，監禁還是一個可怕的試煉。所以，一旦被同盟國釋放，他才終於過上寧靜的生活。然後——猶如對每一個人來說兩種生活是可能的，好像死亡的遊戲足以毀滅我們的夢想，猶如七年牢獄的陰影讓他詢問上帝：「我是誰？」上帝回以：「另外一個人。」——前總理之後在美國安頓下來，成為一個標準的美國人，一個標準的天主教徒，在聖路易天主教大學成為一個標準的大學教授。甚且，他或許可能穿著睡衣與麥克魯漢[51]談論古騰堡的知識銀河體系。

51 赫伯特・馬歇爾・麥克魯漢（Herbert Marshall McLuhan, 1911-1980），加拿大著名哲學家及教育家，也是現代傳播理論的奠基者，其觀點深遠影響人類對媒體的認知。在沒有「網際網路」這個字出現時，他已預示網際網路的誕生，「地球村」一詞（global village）正是由他首先採納。《古騰堡星系：活版印刷人的造成》為其著作。

8
電話線上的一天

早上近十點鐘時，法國總統阿爾貝．勒布倫[52]簽署了一條有關朱里耶納葡萄酒質量認證[53]的法令（著名的一九三八年三月十一日法令）後，眼神隨著辦公室的窗扇迅速滑落，不禁思忖莪美杭哲與普茲里[54]的酒是否真的值得給予如此等級。此時外面下著雨，雨滴敲打玻璃的聲音就像一首初學者練習彈奏的鋼琴曲——阿爾貝．勒布倫沉浸在如此詩般的境地，他於是把法令擱在一堆文件上，一堆亂七八糟的文件上！然後為了下一個年度項目，他又拿起另一份卷宗批起國家彩票的預算案——這應該是他就任以來簽署的第五份或第六份法令了，因為某些法令就像河邊大樹的雨燕，每年都會重新來他的辦公桌上報到；如此，正當阿爾貝．勒布倫私心在燈罩

---

52 阿爾貝．弗朗索瓦．勒布倫（Albert François Lebrun, 1871-1950），法蘭西第三共和國最後一位總統（1932-1940）。

53 朱里耶納葡萄酒位於法國薄酒萊葡萄酒產區的北部，開墾於古羅馬時期的葡萄園坐落在海拔高度大約二百三十至四百三十公尺的斜坡上，貧瘠的花崗岩石滿布，葡萄藤必須努力扎根汲取成長所需的水分與養分。由於葡萄產量低，所以葡萄酒味道濃郁。此外，黏土和白堊土等表層土壤也讓葡萄酒的氣味飽滿強勁。

54 莪美杭哲（Emeringes），法國羅納省的一個小鎮，屬薄酒萊葡萄酒產區；普茲里（Pruzilly）則位於索恩—盧瓦爾省，屬勃艮第葡萄酒產區。

寬敞的亮光下想著這些沒完沒了的文件時，在維也納，許士尼希總理收到了阿道夫．希特勒的最後通牒，要他收回全國公投的提案，不然德國就進攻奧地利，沒有任何討論的餘地。美德之夢一旦破滅，就得馬上擦拭掩飾的脂粉，然後脫掉身上的戲服。永無止境的四個小時終於過去了，下午兩點草草吃完午餐，許士尼希終於取消全國公投。喔，一切將會回到以往：多瑙河邊的散步、興之所至的絮絮叨叨、古典音樂與戴梅咖啡館，還有薩赫酒店的甜點。

不過，事實並沒有如他所願，魔鬼比他想像的還要貪婪。希特勒現在堅持許士尼希該辭職，職缺將由賽斯─英夸特遞補。實在過分誇張。「什麼樣的噩夢啊，簡直永遠沒完沒了！」第一次世界大戰時，年輕的許士尼希曾經是義大利軍隊的俘虜，那時候他如果不讀愛情小說，而是讀葛蘭西"的話，或許會讀到以下幾行字：「當你與敵人爭論時，試著站在他的立場。」只是他從來不會站在別人的立場，即使有那麼好幾年低聲下氣奉承陶爾斐斯，充其量也只是種敷衍諂媚。設身處地站在別人的立場？他甚至不明白這種態度有何用途！他不會站在被毆打的工人、被逮捕的工會分子以及被拷打的民主人士的立場，所以現在，選項僅僅剩下是否能把自己設想變成魔鬼！他猶豫著，這是攸關生死的關鍵倒數。然後，如同往常，他妥協了。他，代表力量與宗教，象徵秩序與權威，現在卻向索求者全然低頭了，僅僅因為索求的方式是不客氣的。他悍然拒絕社會民主黨員要求的自由，勇敢地拒絕媒體主張的言論自由，對民選議會連任、罷工權、集會自由與反對黨成立等議題也統統否定拒絕了。然而，也是同樣的這個人，在二戰後被美國名校密蘇里州的聖路易大學聘任為政治學教授。當然，這位知道拒絕所有政治上自由的人，對政治學多少是有點認識的。所以一旦第一瞬間的猶豫過去——正當一群納粹分子滲透進總理府時，一個只會說「不」的人，這個藉由否定執行獨裁的人，這個不妥協的許士尼希

55 安東尼奧・葛蘭西（Antonio Gramsci, 1891-1937），義大利共產主義思想家，也是義大利共產黨的創始人和領導人之一。一九二六年，隨著墨索里尼政權對反對黨的鎮壓升級，葛蘭西被判以監禁。在極為匱乏的物質條件、異常嚴酷的政治環境和不斷惡化的健康狀況之下，他撰寫了大量筆記，並在一九五〇年代之後以《獄中筆記》之名出版。這些艱難寫就的零散筆記集歷史、哲學、經濟和革命策略於一身，日後成就了他成為二十世紀最重要的馬克思主義思想家之一，尤其他創立的「文化霸權」理論對後代影響深遠。

便轉向德國，紅著臉，以被掐住的嗓音低聲地說「是」。

終於！該做的都做了，在回憶錄裡他如此坦白，一副努力自我安慰的德性。儘管被打得傷痕累累，他終究可以全然放鬆前去總統府向共和國總統威廉・米克拉斯遞上辭呈。為了櫥窗展覽的效果，為了擔保奧地利的自主，這位郵局小職員的兒子被納粹留下擔任總統，而平常典禮上也習慣展現親切作風，時而站在陶爾斐斯身旁，時而再換到許士尼希身旁的米克拉斯，這個在此關頭被嚇壞的傻瓜竟然拒絕了辭呈。狗屎！有人打電話給戈林，戈林這下怎麼受得了奧地利這批笨蛋！他只需要我們讓他安靜就好！但是，希特勒不作如此想，他吼叫要求米克拉斯接受辭呈，每天早上一通電話，他就是堅持米克拉斯一定要接受辭呈。奇怪就在他們公然破壞行事慣例之時，到了最後關頭，這些最暴力的獨裁者卻還要約略遵守常規，彷彿想展現一個不會貿然行事的形象。好像僅僅權勢不能滿足他們，他們還有一個特殊的偏好，就是喜歡強迫敵人，強迫他們正在摧毀的政權站在他們的立場，完成最後一次的儀式性交接。

的確，三月十一日這一天實在漫長！滴答、滴答，米克拉斯辦公室牆上時鐘的指針不受干擾，仍然緩緩繼續往前蠕動。米克拉斯並不是位戰場上的勇將，他二話不說，就讓陶爾斐斯在奧地利實行專制政權，因而保留了總統一職。有人說關於違反憲法一事，米克拉斯私底下有很多批評——有什麼用呢！然而，這位米克拉斯畢竟是個古怪之徒，就在三月十一日下午近兩點鐘這個最壞的節骨眼上，當害怕瀰漫整個世界，當許士尼希不停地回答「是是是」，這時候的米克拉斯卻說了「不」。他可不是跟三個工會分子、兩個媒體老闆與一組親切的社民黨議員說「不」，他是跟希特勒說「不」。米克拉斯這個奇怪的傢伙，這位如此平庸微不足道的配角，這位國家已經滅亡五年的總統，現在竟然拒不服從。有著一張顯貴人物的大臉、枴杖、套裝、瓜皮帽與掛錶，他不會再說「是」了。一個絕對不能信任的人，一個可以突然掏心掏肺的可憐傢伙，就在那兒發現了一種荒謬，一個小洞，還有一小根刺。現在這個顯然沒有什麼原則，沒有自尊心的傻瓜卻被激怒起而反抗了。哦，雖然短暫，但終究是反抗。這一天對米克拉斯來說還沒結束呢。

在第一時間，經過幾個小時的逼迫，他終於屈服了，納粹鬆了一口氣，這些以坦克壓過紅毯的人沒有米克拉斯的同意是絕不肯罷休的。「好，許士尼希可以辭職，沒問題，我不會再堅持這點了。」多麼奇怪的出爾反爾。快七點半時，米克拉斯才一批准，許士尼希就掉進歷史的地牢裡了，放下心來的納粹分子總算可以為賽斯—英夸特的就職準備一瓶晶瑩透亮的香檳慶祝，米克拉斯卻又在晚上七點三十一分提醒這群人，他如果批准許士尼希的辭呈，卻絕對不同意任命賽斯—英夸特。

現在是晚上八點整。就像在教科書裡所敘述的，為了不要驚動（那些其實什麼也不會懷疑的）國際團體，試著透過種種手段保持顏面的德國人，現在已經懶得去恐嚇米克拉斯，而決定採用其他策略了。如果賽斯—英夸特還不是總理，算了，那就以內政部長的身分來使喚吧。為了命令國防軍通過奧地利邊境而沒有給人侵犯法律規定的印象，我們要求賽斯—英夸特立即正式邀請德國人來參觀奧地利這個美麗的國家。啊，當然，他只是部長，既然米克拉斯總統不願任命他為總理，那麼多少就得衝撞國際禮儀。儘管應該遵守憲法，然而情勢急迫，沒有什麼比情勢更重要的了。

所以，此刻我們等待賽斯—英夸特的電報，等他在電報中請求納粹前來奧地利協助。現在是八點三十分，什麼事也沒發生，氣泡酒在高酒杯裡走了味。老天，這個賽斯—英夸特到底在幹什麼啊？我們希望事情快點結束，希望他快點寫完電報，然後大夥就可以去吃晚餐了。希特勒氣急敗壞，他已經等了好幾個小時了！毫無疑問，甚至可說等了好幾年了！然後就在準八點四十五分，他忍無可忍，下令侵占奧地利，至於賽斯—英夸特的邀請函只能作罷，沒有也不打緊的。法律算了吧，合同、憲法與協約算了吧，法令這個既標準又抽象，既空泛又平庸的小惡棍，猶如在漢摩拉比後宮的群妾，不就是跟誰都一樣的蕩婦嗎！既成事實不就是最堅固的法律嗎？侵占奧地利是不需要批准的，是出於愛才侵占奧地利的。

儘管如此，入侵令一發布，希特勒還是覺得一張形式上的邀請函會比較安全。他就派人草擬這份他想要收到的電報，愛情因此來自有些人喜歡向愛人口授他們夢想收到的情話。三分鐘後，賽斯—英夸特因此收到了他應該寄給希特勒的電報。如此，透過追溯效力的巧妙運作，入侵變成了邀請，麵包必須變成肉，酒必須變成血[56]。只是又有了一個新的意外，平常很配合的賽斯—英夸特此刻卻沒有準備好出賣奧地利，時間不停地流逝，電報一直沒有寄出。

最後，正當納粹軍隊已經奪取幾個重要的權力中心，正當賽斯—英夸特仍然拒絕寄出電報，正當維也納城裡瘋狂事件接二連三發生，謀殺暴動、火災、聲嘶力竭的叫喊、猶太人被拉著頭髮在滿布垃圾廚餘的街上拖行，就在強大的民主國家似乎什麼也沒看見的時候，就在英國人上床睡覺並且安然打鼾的時候，就在法國人做著美夢，就在大家全然不在意納粹種種惡行的時候，經過一番冗長的討論，聳聳沉重的肩膀，疲憊，顯然厭倦的老米克拉斯出於無奈，終於任命納粹黨的賽斯—英夸特為奧地利的總理。歷史上的大災難往往肇因於一些日常小事。

56 《新約》中記載耶穌與門徒共進最後的晚餐，席間，他先將一塊麵包（一說無酵餅）撕碎分給大家說：「這是我的身體，為你們而犧牲。」然後又拿起手中的杯說：「這是我的鮮血，要為你們與眾人傾流。」所以基督教會建立後，為了彰顯基督的獻身犧牲而有聖餐禮儀制度的出現，相信經過祝聖，餅與酒已經化成基督的聖體與聖血。作者在此反轉基督的「肉變成麵包」與「血變成酒」，嘲諷納粹將入侵變成邀請。

9

唐寧街的告別午餐

第二天在倫敦，張伯倫[57]為里賓特洛甫準備一個告別午餐宴。在倫敦服務了幾年，這位威瑪政權的外交官剛剛獲得了升遷，即將上任外交部長，他因此回來倫敦幾天辦理請假並且歸還房子的鑰匙。有人說在戰爭前，擁有幾間房子的張伯倫是里賓特洛甫的房東。對這件無傷大雅的小事，對於這個合同，對於這個被稱為「房東」的內維爾．張伯倫以「租金」作為交換，向約阿希姆．馮．里賓特洛甫保證他可以放心使用位於伊頓廣場的房子這件事，對於這件已經在形象與人物之間產生衝突的交易是沒有人認為值得大驚小怪的。張伯倫應該在兩則壞消息、兩件醜聞之間拿了這份房租。不過，事情總可以拐彎處理，所以沒人發覺這裡有任何反常之處，沒人賦予這一小段的羅馬法典一點意義，一點也沒有。被判刑偷竊的小壞蛋突然被

57 亞瑟．內維爾．張伯倫（Arthur Neville Chamberlain, 1869-1940），英國政治人物，一九三七至一九四〇年擔任英國首相，由於在第二次世界大戰前夕對希特勒納粹德國實行綏靖政策而備受譴責。一九三八年簽署慕尼黑協定將捷克斯洛伐克蘇台德德語區割讓給德國，不久希特勒入侵波蘭，英國被迫於一九三九年九月三日向德國宣戰。

譴責的都是他過去一籮筐的罪行。但是，如果事情與張伯倫有關，那麼就得謹慎才行，這樣的一種得體顯然是符合常情的，他的綏靖政策只是一個悲哀的錯誤，而他兼差當房東這檔事，也不過是歷史書寫的一個腳注而已。

餐會的前段時間在坦然安詳的氣氛中流淌，里賓特洛甫開始講述他在運動場上的種種英勇行徑，繼幾個與自己有關的笑話之後，他談起了網球的樂趣；亞歷山大．賈德干爵士[58]客氣地在旁聽著。他首先東拉西扯花了很長時間談發球，強調網球這顆塗滿白氈的橡膠小行星，其壽命可是很短暫的，甚至不到一場比賽的時間！之後又提及比爾．蒂登爾[59]這位偉大的發球精靈，隻身獨霸一九二〇年代的網球界，猶如此後再也無人能及。整整五年蒂登爾沒有輸過一球，連續七次贏得戴維斯杯寶座。他發的球快如炮彈，他的體格絕對是生來獻給此種卓越表演的：高大、精瘦、寬肩膀與大手掌。里賓特洛甫滔滔不絕地將他如何展露頭角與一些有趣的軼事說得極為美妙；只是，不幸一根手指頭被鐵絲網割傷，所以蒂登爾在他早期奪得一連串勝利戰果之際就有根手指頭已被切除。手術之後，球打得更好，猶如現代手術改正了他手指頭的先天不良。但是，蒂登爾尤其是位戰略家——里賓特洛甫用餐巾擦擦嘴角後很強調此點，與奧維德那本談論愛情藝術的書[60]一樣，他寫的《草坪上的網球藝術》也是本反省網球紀律的寶庫。奇特的是，比爾．蒂登爾是個自由自在的人，極度自由自在，尤其高雅。他的反手球有如致敬的屈膝禮——對這位被年輕時代的同學客氣暱稱為「時髦里賓」的人，這是生活中的首要德行。然而，網球場上他是絕對的世襲君主，無人可以匹敵。即使年過四十，打贏他的對手仍然無法奪去他作為首席網球手的風采，那種每回比賽時高傲神態所形塑出來的風采。然後，里賓特洛甫談了一點他自己，他自己玩球的經驗。賈德干爵士說真的實在厭透

58 亞歷山大．賈德干（Alexander George Montagu Cadogan, 1884-1968）爵士，英國資深外交官，一九三四至一九三六年出任英國駐華大使，一九三八至一九四六年擔任外交部常務次官，第二次世界大戰後出任首任英國常駐聯合國代表。

59 比爾．蒂爾登（Bill Tilden, 1893-1953），美國網球運動員，是網球界第一位超級明星，也是公認歷史上最偉大的網球選手之一。

60 指古羅馬詩人奧維德（Ovid B.C.43-B.C.17）的《愛的藝術》（*Ars Amatoria*）。

了這些關於網球的話題，但他仍然微笑著聆聽威瑪部長說話，而張伯倫夫人也自飯局一開始就掉入陷阱，只能彬彬有禮地繼續容忍這一波波沒完沒了的話題。里賓特洛甫此刻又談起自己年輕時在加拿大的經驗，身穿襯衫白褲，在網球場上磨損球鞋的他，幾乎每回發球都可得分。他甚至起身模仿發高球的姿勢而差點把杯子打翻。才不呢，他適時接住了杯子，這一切於他就像場玩笑。他一度又開始談蒂登爾，接近一九二〇年代，一萬多人來看他打球，在當時這可說是一個絕對的紀錄，即使到了今天仍然還是一個令人驚嘆的數字。他保持冠軍寶座，里賓特洛甫重複了幾次，他很長一段時間保持冠軍寶座。謝天謝地，敢於反抗的菜餚終於上桌了。

前菜是香瓜冰淇淋，里賓特洛甫狼吞虎嚥吃完，毫不留意自己吃了什麼。主菜是律西昂・田德黑[61]式的盧昂母雞[62]，邱吉爾讚美了一句，之後或許是想開開里賓特洛甫的玩笑，並且戲弄賈德干，他再次把威瑪部長丟回網球場上。這位比爾・蒂爾登不也是百老匯的演員嗎？他不是也寫了兩本很糟糕的小說嗎？一本叫《鬼魂之路》，另外一本就叫《洩了氣的拳擊》，或者諸如此類的小說嗎？里賓特洛甫對此卻毫不知情，原來他不知道的事還多著呢。

餐敘繼續，威瑪的外交官看起來一切都很自在。阿道夫．希特勒早就在納粹黨員這幫劫匪與罪犯中注意到里賓特洛甫身上散發的這種自在、彬彬有禮與一種屬於老派的高雅。高傲的姿態配合著一種卑屈臻至完美的本質，讓他進而擔任人人稱羨的外交部長一職；一九三八年三月十二日，在唐寧街，他有幸抵達人生的巔峰。他的職場生涯從進口法國蔘與波馬利兩款香檳開始，希特勒派他到英國替威瑪做遊說活動，了解英國人的思想，還有到處搜集一點情報。在這段混亂不安的時期，為了迎合元首粗暴與狂妄的癖好，他不斷地向希特勒保證英國人是無能反抗的，總是鼓勵他採取大膽冒險之舉。偏見根深柢固，即使是社會上最具破壞性的人也不能免除，這個不知道自己偶爾被希特勒叫做「賣香檳酒的小生意人」因而飛躍奔向納粹

61 律西昂．田德黑（Lucien Tendret, 1825-1896），法國律師與美食家。

62 盧昂（Louhans），位於法國東部的一個城鎮，隸屬於索恩—盧瓦爾省。該地養育的母雞的方式費時費勁，所以肉質柔嫩風味上等，一般是節慶或者盛宴時才會選擇的食材。

的偉大之夢。

吃到一半，如同邱吉爾在回憶錄中所述，一位外交部的使者被引進來。當時或者眾人即將吃完剩下的雞腿，或者拌有檸檬汁的烤乳酪已經上桌，或者有人正在品嘗粗粉乳酪派[63]：一百公克的麵粉，兩百公克的奶油，一個或者兩個蛋，一點鹽巴，一點糖粉，加上勾芡用的兩百五十毫升牛奶、粗粉與水，至於如何搭配與烘烤的細節我就不再贅述。在唐寧街品嘗法國菜是常事，因為總理內維爾・張伯倫特別喜愛。總之，為什麼不順道也談談飲食呢？《羅馬帝王紀》[64]就有一頁記載從前羅馬元老院花好幾個小時磋商如何烹製大菱魚的醬料。也就在刀叉兩次碰撞的叮噹聲中外交部的使者悄悄把一封信交給賈德干爵士。一個尷尬的靜寂，賈德干爵士似乎很仔細地看了信，大家也花了點時間慢慢再把話題重拾回來。里賓特洛甫卻彷彿什麼也沒發生，他三番兩次低聲讚美女主人。就在這個時候，賈德干起身把字條拿給張伯倫，對於信的內容，賈德干沒有驚訝也沒有惱怒，只有一副沉思的神情。輪到張伯倫讀了，臉上泛起擔憂的神情。同一時間的里賓特洛甫則繼續扮演門房的把戲。然後甜點即時上桌，是埃斯科菲耶[65]風格的樞機紅野草莓[66]，一道非常誘人的美食。吃的時候大家都是肅然起敬的神情，而賈德干此刻拿著字條重新回到坐位，但有著可卡犬[67]大眼睛的邱吉爾張著一隻眼睛瞪著張伯倫轉動，發現他眉眼之間有了一道凝重的皺紋，於是斷定是則令人擔心的消息。至於里賓特洛甫，他什麼也沒看

63 粗粉乳酪派乃是法國布雷斯（Bress）這個城鎮的傳統甜點，布雷斯位於東部的索恩－盧瓦爾省。粗粉指的是穀粒（通常是硬粒小麥）研磨過後的成品，但沒有磨到像麵粉那樣細緻柔軟的境地，所以形狀介於穀粒與粉末之間。

64 《羅馬帝王紀》（*Histoire auguste*），後世歷史學家所命名的一部記載羅馬帝國歷代諸君的傳記文集，是認識羅馬帝國歷史的重要資料。只是現已殘損，原名難以考證，作者和成書年代亦眾說紛紜。

65 奧古斯特·埃斯科菲耶（Auguste Escoffier, 1846-1935），生於法國蔚藍海岸，是一位法國名廚、餐館老闆和美食作家。一生不僅創新餐飲的經營模式，還研發多道至今仍然廣為流傳的經典食譜。他是現代法國菜發展史上的傳奇式人物，被廚師媒體稱為「廚師中的國王」。

66 樞機紅野草莓是道甜點，取材林中野生草莓加上其他白色食材（通常是冰淇淋）做成，靈感來自紅衣主教紅白相間的禮服。

67 可卡犬，英語原名為「Spaniel」，意為長毛獵犬。因善獵山雉，又取名「Cocker」，意為獵雉犬。

見，他自得其樂，毫無疑問，全然陶醉在當上部長的歡愉裡。之後大家在張伯倫夫人的招呼下走向沙龍。

喝咖啡的時候，里賓特洛甫開始談起法國酒的特色，如此他又聊了好一陣子枯燥乏味的話題。不知為了說明什麼觀點，他作勢把一隻看不見的高腳酒杯擺在一疊看不見的杯子金字塔頂端，以神氣十足的姿態向大家敬酒。看不見的高腳酒杯清爽宜人，看不見的香檳酒溫度是最適宜的六度。他用甜點的刀子在高腳酒杯上輕輕敲打；里賓特洛甫搖著頭微笑。外面正在下雨，樹木都溼了，人行道上閃閃發著亮光。

張伯倫夫婦以親切婉轉的方式表明了他們的不耐。他們無法輕易結束這類性質的招待，尤其當對象是來自歐洲強權的一位部長，必得拿捏得當，知所進退。不多久，賓客們也大概感受到有什麼事情不對勁了，張伯倫與夫人間的對話隱蔽晦澀，讓愈來愈多的賓客也紛紛上陣一起演起戲來：賈德干、邱吉爾及其夫人，還有其他幾位賓客也都上場湊了一腳。終於有些人準備離開了，只是里賓特洛甫夫婦一點也不覺得尷尬，也沒有走人的意思，尤其對里賓特洛甫來說，這一天的告別宴似乎如此醉人，使他意識不到最基本的分寸輕重。其他人失去耐性，對此，他們很有教養沒有表現出來。當然沒人膽敢把首要賓客趕走，只能期待他自己明白該是離開的時候了，是迅速穿上外套，登上帶著三芒星標誌的大型賓士的時候了。

但是，里賓特洛甫什麼都不懂，完全不懂；他繼續閒扯淡。他的夫人也剛剛與張伯倫夫人打開一個有趣的話題。氣氛變得很不真實；一個真心實意的有禮賓客應該可以立即察覺主人已經透過輕微改變的嗓音表達了幾乎可以辨識的不耐。這種時刻，我們自問是否瘋了，或者過於一絲不苟，是否其他人也感受到了我們已經看出的侷促；可是沒有，什麼都沒有。腦袋是個密不透風的器官，眼神也不會顯露思想，極其細微的身體表達一般人是察覺不出的；我們說整個身體就是首令人為之激動的詩，只是旁邊的人卻一個字也沒讀懂。

突然，張伯倫回過神來，對里賓特洛甫說：「失禮了，我有急事得處理。」有點兒唐突，不過他找不到其他方式來快速結束這場餐敘。大家起身，大部分賓客跟主人道別後離開唐寧街。可是里賓特洛甫夫婦遲遲不走，跟著留在那兒的人又談了好一會兒。用餐時沒人提到賈德干與張伯倫讀到的那封信，而這封信就像飛繞在他們之間的一小張紙幽靈，是他們渴望聽到的一段沒人知曉到底什麼內容的台詞，而這段沒說出來的台詞才是這齣古怪輕喜劇的真正文本。最後，直到里賓特洛甫把他手中這團乏味的社交用絲線都搖完後，大家才告辭離開。也就是說這位前業餘演員正站在大歷史的舞台上扮演一個祕密角色，這位從前愛溜冰、愛打高爾夫球、會拉小提琴的里賓特洛甫真是什麼活都幹！全部的活！連盡其可能拖拉延遲一個餐敘時間的活也幹！可說是一個混合了愚昧與精明的奇怪傢伙。聽說他的文章句法結構錯誤很多，每回當他把寫下的備忘錄寄給元首時，經手的馮・紐賴特[68]為了加害他，常常特意避免修改。

最後幾位客人都走了，里賓特洛甫夫婦也終於準備離去。司機幫他們把車門打開，里賓特洛甫夫人輕輕地拉了裙角，夫婦兩人登上了車廂。他們噗嗤笑了出來，笑剛剛騙過了大家，他們顯然完全明白外交部的照會一送達，張伯倫就顯得焦慮，非常焦慮。再者他們當然知道信裡的內容，里賓特洛甫夫婦的使命便是盡其所能讓張伯倫與他的小組浪費時間。因而他們無限制地拖長用餐、喝咖啡與在客廳談話的時間，直到理智所能忍受的界限。這段時間，張伯倫忙著談論網球與品嘗馬卡龍，沒能在第一時間有所反應。里賓特洛甫夫婦盡其可能以禮貌，以一種病態的禮貌為賭注，他們有效地把張伯倫的注意力從工作中轉移，既然他連攸關國家的重大事件都可以等待。事實是這封外交部使者送來的信，這封籠罩著整個冗長餐敘的神祕信件捎來一個可怕的消息：德國軍隊已經進入奧地利國境。

68 康斯坦丁・馮・紐賴特（Konstantin Freiherr von Neurath, 1873-1956），德國政治人物，一九三二至一九三八年擔任德國外交部長。一九三八年二月四日後改任不管部部長，里賓特洛甫正是回國接任他留下的空缺。

10

閃電戰

三月十二日早上，在令人難以置信的歡樂氣氛下，奧地利人興奮地等候納粹的到來。從當時拍攝的好幾部影片中，我們可以看見人群在書報亭、廣告小卡車的櫃檯前手牽著手尋找印著納粹標誌的旗子。我們到處踮著腳尖，或者爬到柱子上頭、矮牆上與路燈的頂端，為了能看見，無論站哪裡都行。只不過德國人就是要人等待。早上過去了……下午也結束了，奇怪。突然，閃光伴隨著引擎的嘈雜聲，覆蓋了鄉村原野，旌旗飄動，人群的臉上綻開了笑容。「他們來了！他們來了！」各處傳來叫喊呼喚的喧囂，瞪大的眼睛凝視著柏油路……什麼也沒有。人們仍然引領期盼，然後放下擺動的手臂，一刻鐘後人們再次蹲下來，在草地上聊著。

十二日的晚上，維也納的納粹分子為了迎接希特勒，準備了一場火炬遊行，應該會是一場盛大感人的招待。只是到了深夜也沒有半個人影，沒人知道到底怎麼回事。人們開始喝啤酒唱歌，唱著唱著，但很快就唱不下去了，大家都微微失望了。咦？當三位德國士兵從火車走下，即刻引起一陣歡呼。德國士兵？神蹟？他們是整個城市的客人；從來沒人像那夜的維也納人如此敬愛這些德國士兵。維也納！

維也納人奉獻了所有巧克力、所有松樹枝、所有多瑙河的水、所有喀爾巴阡山脈的風、你的戒指、你的美泉宮、他的中國風沙龍、拿破崙的房間、羅馬皇帝的屍體，還有埃及金字塔的沙。全部！而他們只不過是負責管理部隊營房的三名小士兵。只是維也納人是如此迫切被占領以致抬著三名士兵在城裡當英雄般地遊行。可憐這三位傢伙並不明白他們為何引發如此熱情，不知道人們何以崇拜他們至此，他們甚至有點害怕……愛有時是令人驚恐的啊。然而，我們開始沒有把握了，人們開始自問德國的戰爭武器在哪裡呢？坦克有何用途？裝甲車呢？這些向我們保證的神奇野獸在哪裡呢？元首是因此不想重新擁有他的祖籍奧地利了？不，不，不是這樣的，但……流言蜚語傳開，可是沒人膽敢大聲說出。還是得小心到處監聽的納粹分子……有人說——消息不是非常確定，不過實際狀況卻符合了這個謠言——具備前所未有陣仗的德國神奇戰車在跨越邊界後卻不幸熄火了。

實際上，德軍越境時遭遇了最大的阻礙，過程混亂無以名狀，速度之慢也令人咋舌。現在，駐紮在幾乎不到一百公里的林茨[69]附近。只是三月十二日這天，天氣顯得如此美好，甚至是用來讓人做夢的一天。

起初一切都順利美好，九點時我們打開邊境的柵欄，哇，我們已經身處奧地利了！甚至不須暴力或者大炮轟炸，不，在這兒，我們互相愛戀，我們的戰勝不費吹灰之力，僅是輕輕柔柔帶著笑容。坦克、卡車與重型火炮，為了結盟的檢閱儀式所需的排場正緩緩往維也納前進。新娘是同意的，這不是大家所說的強姦，這是一場婚禮。奧地利人聲嘶力竭叫喊，盡力行納粹禮來表示歡迎；他們已經練習五年了。但是，往林茨的路實在不好走，車輛冒不出煙，摩托車有如修士機不斷嘎嘎作響。哎！這些德國人最好去從事園藝工作，最好在奧地利繞一圈，然後乖乖回到柏林把這些器具換成牽引機，然後到蒂爾加藤公園種植白菜去，因為林茨附近的一切全被搞砸了。不過，天空卻晴朗無雲，甚至可能是有史以來最美的天空之一。

69 林茨（Linz），位於奧地利東北部，是多瑙河上游重要的河港與經濟中心，奧地利最重要的重工業城市。

三月十二日那天的星象是站在天秤座、巨蟹座與天蠍座這邊的，可是對其他星座來說這一天是不吉利的，歐洲的民主政體用以反對這次入侵行動的是一種震懾後的順從。知道局勢急迫的英國人也只是警告許士尼希，如此而已。法國當時沒有政府，內閣危機剛剛揭幕。

三月十二日早上，在維也納只有《維也納新新日報》總編輯艾米勒．婁伯登[70]刊出一篇向小獨裁者許士尼希致敬的文章——算是一個小小的抵抗動作；也或許是此後唯一的一次。上午有一夥人突然闖進報館，很快就把他強制帶走，衝鋒隊在辦公室裡毆打職員、記者與編輯。然而，《維也納新新日報》的人員並非左翼分子，國會被解散時他們可沒說半句話，他們明智地同意專制的天主教接掌政權，也同意在陶爾斐斯的主導下文章編輯接受審查；再者，社會民主黨員的辭退、囚犯與褫奪工作的禁令也不會讓他們覺得不安。不過，英雄氣概是件奇怪帶有相對性的事，總而言之，那天早上能讀到艾米勒．婁伯獨自一人抱怨，著實令人感動，也同時令人擔心。

在林茨，情況已經無法掌控。恐怖肅清行動已經開始，此刻整座城市已經落入納粹手中。到處是氣喘吁吁的人在唱歌，每分每秒期待目睹元首的親臨。似乎每個人都在那兒，陽光燦爛，啤酒滾滾入肚。然後早上的時光逝去，有人在酒館的一角打盹，既然沒有什麼可以讓時間停駐，頃刻即是正午，在珀斯特靈貝格[71]，太陽高掛天頂，泉水乾竭，有家的回家吃飯，多瑙河的波浪流淌。植物園裡有名的仙人掌展覽區沾滿了被蜘蛛看成蒼蠅的彩紙屑，維也納葛宏咖啡館的吧檯上大家低聲抱怨德軍怎麼還沒到達威爾斯，甚至連梅根霍芬也還沒有。不懷好意的人冷笑著相傳德軍搞錯方向，把車子開到粟瑟或者杜姆亞特去了，明年應該是可以在博必諾[72]看到他們的。但是，也有人低聲提到拋錨、汽油極其短缺與補給嚴重失衡。

70 艾米勒．婁伯登（Emil Löbl），奧地利《維也納新新日報》總主筆，德奧合併之後立即被撤換。

71 珀斯特靈貝格（Pöstlingberg），位於奧地利林茨市多瑙河左岸，是有名的旅遊勝地。

72 威爾斯（Wels）、梅根霍芬（Meggenhofen）、粟瑟（Suse）、杜姆亞特（Damiette）與博必諾（Bobino），都是奧地利城市。

希特勒搭車離開慕尼黑，冰冷的風鞭打著他的臉。賓士車開過隱蔽的森林，他準備先經過家鄉布勞瑙[73]，接著是他度過青年階段的林茨，最後是雙親安息的萊翁丁[74]。總之，一趟美麗的旅行。希特勒在布勞瑙越過邊界；天氣晴朗明媚但溫度極低，他的車隊有二十四輛車子與二十幾輛的小卡車。全部的人都在那兒：黨衛隊、衝鋒隊、警察與所有的兵團。他們向群眾揮手，他們在元首出生的房子前短暫停留，但沒有一丁點兒時間可以浪費！已經遲到太久了。小女孩捧著花束，人群揮舞著有納粹標誌的小旗，一切順利進行。午後半晌，車隊已經繞過許多村子，希特勒揮手微笑著，臉上滿溢著興奮激動之情；通常他很滿意這個卓別林學得維妙維肖的怪異動作，滿意這個可以隨意高舉手臂，帶點女性特質的敬禮。

73　布勞瑙（Braunau am Inn），奧地利城市，位於奧德邊境因河（Inn）之畔，距離林茨約九十公里，距離薩爾茨堡約六十公里。

74　萊翁丁（Leonding），位於奧地利西北部的一個城市。

11 坦克塞車

閃擊戰是個簡單的作戰策略，是個廣告宣傳會把它貼上災難的一個字眼。發明這個攻擊戰術的理論家叫古德林[75]。在標題醒目直接的《注意——戰車！》一書中，古德林發展了閃擊戰的理論，當然，他讀過約翰・弗雷德里克・查爾斯・富勒[76]的書；熱愛他那本寫得糟糕的瑜珈書；激動熱情地讀完他幾近瘋狂的預言，以為發現了世界上最驚人不可思議的神奇事物；不過，還是富勒有關軍隊機械化的理論擾亂了他無數個夜晚的睡眠。富勒的書讓古德林思考，讓他熱切立定志向研究這種既凶悍又有英雄氣概的戰爭理論。約翰・弗雷德里克・查爾斯・富勒既然如此熱衷戰爭，以致不久便加入莫斯利的陣營批評死氣沉沉的民主議會，熱心召喚一個較為振奮人心的政權。因此，他加入旨在提倡納粹主義的日耳曼聯盟。這種小型評議

---

75 海因茨・威廉・古德林（Heinz Wilhelm Guderian, 1888-1954），第二次世界大戰一位著名的德國陸軍將領，在第二次世界大戰爆發前，他便提倡使用坦克與機械化部隊於現代化戰爭。在他組織與理論推動下，德國建立了一支當時最具效率的裝甲部隊，於第二次世界大戰初期以新型戰爭「閃擊戰」方式屢屢擊敗敵軍。古德林也是聯合兵種作戰和前線指揮等戰爭形態發展的推動者。

76 約翰・弗雷德里克・查爾斯・富勒（John Frederick Charles Fuller, 1878-1966），英國軍事理論家及歷史學家。

會在典型英式風格的小房子裡祕密召開，花費很長時間談論猶太人問題。不過，他們的支持者不只是梅費爾區的商人，喔，不是，也包括熱愛動物的杜格拉斯—哈彌勒敦女士；因為我們明白對大不列顛帝國而言所有的悲慘都取因於人類的靈魂。比如有位受人尊敬的威靈頓公爵，他原名亞瑟．韋爾斯利[77]，出身伊頓公學，是沙龍的寵兒，得天獨厚，完美無缺。精讀普羅佩提烏斯[78]與盧坎[79]的他，或許喜歡清早吹著口哨在自家的公園裡散步，徘徊在忒奧克里托斯[80]的牧羊人之間，搜集或許不是最好但也不差的藝術作品。然而，其實他的頭顱狹窄，眼神茫然，嘴唇給人膽怯的感覺，如果他出生於倫敦郊區，恐怕絕對沒有人會看他一眼。

一九三八年三月十二日這天，裝甲戰車舉行閱兵儀式；擔任第十六軍團首長的海因茨．古德林終於實現了夢想。德國第一批裝甲車於一九一八年成功打造二十多輛；這是一具笨重的廢金屬外殼，具有兩百匹馬力的箱型盒子，操作單調冗長，外觀上像極了一輛緩慢前行的巨型推車。其中一輛在第一次世界大戰結束之際，於一場獨特的戰役中被一輛迎擊的英國裝甲車迅速徹底殲滅。即使自從啟用之後，坦克的製造已有了長足進步，但在那個時代仍然有不少缺點需要改善。因此，這款在未來某段時間被奉為戰役皇后的四號戰車，在一九三八三月當時仍然處於發展階段。由克虜伯製造，這種小型突擊戰車仍然屬於普通戰車，由於重量太輕，無法抵抗反坦克的導彈，大炮只能攻擊較為輕軟的目標物。二號戰車更小，體積就像一個沙丁魚罐頭的空間，儘管輕盈快速，本身卻容易受到攻擊，也無法打穿敵人戰車的裝甲板，因此一出廠便遭廢棄；再說早期的功能應該只是一輛引導型的坦克，只是生產日期拖延過久，而戰爭又比預期來得早，因此也在戰場做了適當的貢獻。至於一號

77 亞瑟・韋爾斯利（Arthur Wellesley, 1st Duke of Wellington, 1769-1852），英國軍事家與政治家，十九世紀軍事政治領導人物之一。他也是歷代威靈頓公爵之始祖，所以一般提及「威靈頓公爵」時通常就是指他。

78 普羅佩提烏斯（Sextus Propertius, c. 50 BC-c. 15 BC）是古羅馬詩人，以寫作哀歌體詩歌，特別是愛情哀歌聞名。

79 盧坎（Marcus Annaeus Lucanus, 39-65），羅馬詩人。他最著名的著作是史詩《法沙利亞》（*Pharsalia*），被譽為是維吉爾《埃涅阿斯》之外最偉大的拉丁文史詩。

80 忒奧克里托斯（Theókritos, c. 310 BC- 250 BC），古希臘著名詩人，西方田園詩派的創始人。在此之前的所謂的田園詩歌只是一種與音樂結合起來的民間創作，而忒奧克里托斯則將它徹底轉化為一種純文學體裁。

戰車，幾乎是一輛小型坦克，容得下兩位男人彷彿瑜珈老師一般直接坐在金屬板上。它的性能不強，設備不多，只是價錢便宜，比拖拉機還貴了一些。《凡爾賽合約》禁止德國人製造坦克，所以德國公司透過在國外的空頭公司生產，可見金融技術從一開始就是為陰謀勾當服務的。所以德國暗中製造所謂的神奇戰爭機器，正是這個一九三八年三月十二日奧地利人在路邊翹首等待的新型軍隊，這個終於實踐呈現於世人眼前的承諾。因而在燦爛的天空下，我們或許有點兒焦躁，有點兒興奮。

就在那時，一粒細沙滑進了德國神奇的戰爭機器裡，首先路肩上有一整排的戰車，就在他的賓士因此必得繞開時，希特勒的眼神充滿了鄙視憤怒。然後是其他重炮戰車文風不動地擱置在馬路中間；有人按著汽車喇叭喊叫「元首要經過」，卻只是枉然，坦克猶如在漿糊地上前進。引擎這東西確實令人咋舌，如果認真思考則是個奇蹟。一點燃料，一個火花，然後哇！壓力加大，把活塞往後拉，引動機軸的旋轉，接著就啟動了！只不過紙上談兵容易，如果出了故障，可是麻煩透頂！我們完全沒轍，得把手放進可怕的潤滑劑裡，鬆開，旋緊……不過，一九三八年三月十二日這天，儘管大太陽，卻寒冷澈骨，所以拿出工具箱到路邊去可不好玩。希特勒失去理智，一個應該偉大的日子，一場應該引人注目士氣昂揚的行軍卻成了如此阻塞的場面。沒有速度只有癱瘓，沒有活力只有窒息。

在阿爾泰姆與里德，還有其他許多小城，年輕的奧地利人正等待著，風把臉刮得發紫，有些人甚至冷到哭了出來。那個時代在名人露天展覽會上，法國人喜歡拉法葉露天百貨裡的提諾．侯希，美國人則喜歡聆聽搖擺樂之王班尼．古德曼的演奏。只是奧地利女人才不管提諾．侯希或者班尼．古德曼，她們要的是希特勒。因此，在村落的入口處，我們不時聽見「元首到了！」的呼喊，然後，因為什麼也沒發生，大夥便又閒聊起來。

因為這不僅僅是單獨幾輛坦克故障的問題，不僅僅是這邊或那邊一輛裝甲車，而是絕大部分的德國軍隊都出了狀況，道路可說幾乎癱瘓。啊，彷彿一部喜劇片：一個憤怒到發狂的首領，在馬路上奔跑呼叫的機械師，以威瑪第三共和國刺耳不安的語言猶如救火一般的速度發號施令。然後當一支軍隊蜂擁往前，在大太陽底下以每小時三十五公里的速度急行，當然會讓人目瞪口呆。不過，一支無法正常運作的軍隊就什麼都不是了，一支無法正常運作的軍隊只能說是滑稽的保證。將軍被喝斥！吼叫！辱罵！希特勒把此次失敗的責任歸諸於己。應該疏散重型車輛、拖拉幾輛坦克，然後推開幾輛自動車好讓首領通過。終於，夜晚降臨之際，他抵達林茨。

就在此刻，就在冰冷的月光下，德軍部隊以最快的速度通過鐵道平台裝載坦克。毫無疑問，他們自慕尼黑叫來鐵路員工與吊車司機這類專家，接著火車運載戰甲車就如運載馬戲團的裝備一般。因為必須不惜任何代價準時出席在維也納舉行的官方典禮，這場專為他們策畫的盛大表演！所有種種看來就像一場荒謬劇，這些陰森的側影，這些在夜晚行駛的火車，這些大量裝載在火車上的裝甲車與坦克就如靈柩車一般呼嘯駛過奧地利。

12 電話監聽

三月十三日，德奧合併的第二天，英國情報單位突然接獲一樁英德之間奇怪可笑的電話錄音——「里賓特洛甫先生，」戈林抱怨著，正是希特勒飛回祖國他擔負起保護帝國責任之時，「關於我們恐嚇奧地利向他們下最後通牒這件事，真是個卑鄙的謊言。由民意擁上寶座的賽斯—英夸特向我們求援，如果你們了解許士尼希的政權是多麼殘暴的話！」里賓特洛甫回答說：「無法置信！這得告知全世界的人才行。」談話就以這種語氣持續了半個鐘頭左右，可以想像那些在紀錄這些奇奇怪怪句子的人臉上的表情，他們應該有突然置身在劇院後台的感覺。對話快結束時，戈林提及當天陽光燦爛，天空蔚藍，群鳥飛翔。他說自己站在陽台上，可以聽見收音機裡傳來奧地利人的歡呼喝彩。里賓特洛甫在電話線的另一端叫了起來：「太奇妙了啊！」

七年之後，一九四五年十一月二十九日，我們再次聽見同樣的對話。同樣的字詞，或許沒有那麼遲疑，比較接近書面語；不過，同樣還是那些輕浮放肆的話語，同樣還是那種嘲諷的觀點。這回發生在紐倫堡的國際法庭上，為了舉證控訴戈林與里賓特洛甫違反和平之罪，美國控方律師悉尼．阿爾德曼[81]從訴訟文件裡抽出一捆紙張。里賓特洛甫與戈林的對話對他來說意義昭然若揭；他認為我們在其中聽見一種類似「雙重語義的語言」以便引誘其他國家犯罪。

阿爾德曼於是開始閱讀狀文，他宣讀這段對話就如我們在朗讀戲劇裡的對白，所以當他提及第一主角的名字就叫戈林時，當下戈林在被告席中作勢站起，不過旋即明白法庭並沒有叫喚他，僅僅只是在他面前扮演他的角色重複他所說過的話。阿爾德曼以單調沉重的嗓音宣讀這段為時不長的對話。

戈林：里賓特洛甫先生，您知道元首目前不在國內，他把掌管帝國的使命交給我，我因而必須向您告知此刻正籠罩在奧地利上空，而您也可以透過收音機聽到的狂喜歡呼。

里賓特洛甫：是的，太奇妙了，不是嗎？

戈林：賽斯—英夸特擔心國家會陷入恐怖或者內戰所以求援於我們，我們也立即派兵前往邊境以防萬一。

但是，戈林在一九三八年三月十三日那天未能知道的是，有一天他們會再次聽見這段更接近真實的對話。他要求助理記下這段重要的對話，有一天後代歷史應該會給予公道的評價。或許年老時可以用在自己的《高盧戰記》[82]，誰知道呢？再說他或許可以利用職業生涯中幾個重要時期漸次留下的筆記來書寫呢。他不知道的是這些筆記在他退休之際並非在自己的辦公室完成任務，而是落到紐倫堡一位檢察官的手裡。我們因而可以參與另外一個對話場景，這個由柏林與維也納扮演的對話場景，也就是兩天前，三月十一日那晚，當時戈林認為除了賽斯—英夸特，或者作為

81 悉尼．阿爾德曼（Sydney Alderman），美國檢察官，紐倫堡審判時擔任控方律師起訴納粹德國主要戰犯。

82 《高盧戰記》，羅馬凱撒大帝描述自己在西元前五八年到西元前五〇年期間擔任高盧行省省長時所遭遇事件的隨記。古羅馬人把居住在現今西歐的法國、比利時、義大利北部、荷蘭南部、瑞士西部和德國南部萊茵河西岸一帶的凱爾特人統稱為高盧人。

中介的外交顧問東布羅夫斯基，當然還有為後代記錄這段對話的助理之外，是沒人可以聽到這段對話的。他沒料到的是事實上所有人都聽到了，當然不是在他說這些話的時候，而是在未來，就在這個他覬覦的後代。也因此當晚戈林參與的所有對話都確實被完整存檔，可以隨時查詢，它們奇蹟般地躲過了炸彈的轟炸。

戈林：賽斯——英夸特打算何時宣布他的內閣呢？

東布羅夫斯基：晚上九點十五分。

戈林：內閣應該在七點三十分宣布。

東布羅夫斯基：……在七點三十分。

戈林：凱普勒會把名單帶給您，您知道誰是司法部長嗎？

東布羅夫斯基：知道，知道……

戈林：是誰？……

東布羅夫斯基：您的姊夫，不是嗎？

戈林：很好。

時間一小時又一小時地過去，戈林依次宣布他的會議行程。慢慢地，從簡單直接的答腔我們聽到語氣裡的專橫與蔑視。這件事的黑手黨色彩就這樣突然清晰地浮現。在剛剛讀到的這段對話大約二十分鐘之後，賽斯─英夸特打電話過來，戈林吩咐他回頭再與米科拉斯談談，要米科拉斯明白如果在七點半前不任命賽斯─英夸特為總理，一個入侵行動就可能讓奧地利消失。這回不再是為了避免英國間諜而有戈林與里賓特洛甫之間那種親切的會談了，這回他們不再是奧地利的解放者了。不過，還必須注意的是戈林使用的詞彙，這個「讓奧地利消失」的恐嚇，我們因此立即在他身上貼上許多可怕的標籤。但是我們必須倒帶回到這段歷史以便了解實情，必須忘了我們以為已經知道的史實，必須忘記戰爭，必須擺脫那個時代的新聞紀錄影片，忘記戈培爾的剪接，擺脫所有的政治宣傳。必須記得的是那個時刻跟閃電戰沒有關聯，只有裝甲車的堵塞，只有奧地利國道上發動機的大拋錨，只有一群人的狂怒，閃電戰是一個較晚才出現的詞，猶如出其不意的一擊。而在這場戰爭中令人驚異的是厚顏無恥取得前所未有的成功，因而我們從中可以記住的教訓是：世界屈服於虛張聲勢。即使是古老的權力，即使是最莊重最嚴苛的政體，如果從未在正義的要求前屈膝，如果從未在反抗的人民前屈膝，則會在虛張聲勢之前屈膝。

在紐倫堡，戈林下巴擱在手掌上聆聽阿爾德曼的宣讀，偶爾也笑了，當年舞台上的主角現在全都聚在同一個廳堂裡。他們現在不是在柏林，也不是在維也納或者倫敦，他們互相隔著幾公尺的距離：里賓特洛甫與他的告別晚餐，賽斯—英夸特與他囚犯長一般卑屈的性格，還有戈林與他猶如強盜的手段。最後為了總結他的控訴，阿爾德曼再次回到三月十三日當天，他宣讀那場小型會談的最後幾句話，單調的語氣讓他沒有一絲魅力，也讓這段結尾如實呈現：就是一件荒誕無恥的醜事。

戈林：這兒天氣非常好，天空一片蔚藍。我裹著被單坐在空氣涼爽的陽台上喝著咖啡，鳥兒啁啾鳴唱，我可以聽見收音機裡傳來奧地利人的歡呼喝彩。

里賓特洛甫：太奇妙了啊！

此刻，在偌大的時鐘下面，被告席中，時間突然停住；發生什麼事了，所有的人全往那兒瞧去。如同《法國晚報》駐紐倫堡法庭特派記者科塞的描敘，聽到「太奇妙了啊！」一時，戈林笑了起來。也許感到很戲劇性的這句對白是如此與歷史、與禮儀、與我們對重大事件的想像背道而馳，現在提起這句演得過火的台詞，戈林看看里賓特洛甫後就笑了起來。至於里賓特洛甫呢，輪到他也跟著神經兮兮笑了起來。面對國際法庭，面對法官，面對來自全世界的記者，他們倆當下在廢墟之間情不自禁笑了起來。

13 道具商店

真相碎散落在形形色色的塵埃裡。德國知識分子君特・史坦[83]在改名「安德爾斯」（德文意為「他者」）之前移民美國，身為猶太人，窮愁潦倒，被迫靠著打各種零工為生，四十多歲後在收藏人類歷代服裝的好萊塢服裝館找到了基層管理員的工作。好萊塢服裝館出租電影拍攝時所需的服裝道具，比如埃及豔后克麗奧佩脫拉或者丹敦[84]，還有中古世紀行吟詩人或者加萊市[85]資產階級所穿的衣服。在那兒我們可以找到所有的東西，所有人類過時的服裝，卓絕的虛無、榮耀的碎屑掉滿展示的櫥窗，全是記憶的表象。這兒我們儲存木劍、厚紙板做的桂冠與紙糊的隔牆，一切都是假的。礦工脖子上的炭末、乞丐膝蓋上的磨損、罪人頸上的血，歷史是一場表演。在好萊塢服裝館，我們與曾經存在過的事物相遇：受難者的衣服與古代貴族的

83 君特・安德爾斯（Günther Anders，原名Günther Siegmund Stern, 1902-1992），德國哲學家、記者與散文家。是胡塞爾與海德格的學生，以對現代科技的批判聞名，也是反核運動的先驅。
84 喬治・雅克・丹敦（Georges Jacques Danton, 1759-1794），法國大革命初期的領導人物。
85 加萊（Calais），法國北部濱臨港口的一個城市，與英國的多佛港（Dover）距離只有二十一英里，是法國離英國最近的渡口。

長袍晾在同樣的繩杆上保持乾燥，令人無法分辨。似乎意象、電影、攝影，都不是真實的世界——儘管我並不十分確定。因此，堆積好幾個世代衣服的櫃子予人荒謬與瘋狂的感覺。猶如身處偉大崇高之間，卻被困住貶抑。塵埃只是粉末，損壞只是幻覺，骯髒只是粉飾，而表象只是事物的真實。但是，所有屬於人性的歸根究柢就是過度。就像好萊塢服裝館塞滿了舊衣，堆滿了雜物，擺滿了過去的年代。那兒可以看見羅馬時代襯著褶皺的無袖長衣、品質拙劣的埃及服裝、競技場上的巴比倫人所穿的征衣與非法仿製的希臘人服裝，也可以看見各式各樣的纏腰布、古吉拉特邦[86]女人的彩色紗麗、孟加拉出產的昂貴紗麗與朋迪榭里市[87]的輕軟棉花，還可以尋著馬來人的紗籠、套頭披風、套頭披巾、帶帽的女大衣與斗篷外衣，第一批有袖子的服飾、上衣、罩衫、襯衫、長袍、史前野獸的皮革，以及後來演變成長褲的穿在下半身的衣服。這兒可說是一座令人無法置信的洞穴。摺疊潘喬．維拉[88]屍體上的衣服，調整瑪麗一世[89]的環狀領子，把拿破崙的帽子放回架子上，當然，這種工作並不是一件榮耀傑出的事。儘管如此，作為一個歷史道具管理員還是一種不可多得的特權啊。

在日記裡，君特．史坦強調：所有的衣服全在那兒，連馬戲團猴子或者多維勒[90]的狗穿過的衣服；從亞當身上的葡萄樹葉[91]到衝鋒隊的長筒靴，什麼都有。不過，最令人驚訝的不是我們可以在這兒找到地球上所有的服裝，而是那時候在好萊塢服裝館我們已經可以找到納粹的制服了。如同史坦所載，諷刺的是，納粹的長筒靴是由一個猶太人來上蠟的，因為所有這些東西全要好好保養維護啊。如同好萊塢服裝道具館的每一位職員，君特．史坦為納粹的長筒靴上蠟所必須執行的程序，跟

86 古吉拉特邦（Gujarat），位於印度西部的聯邦屬地，如今仍存有古代印度河流域文明的一些遺址。

87 朋迪榭里（Puducherry），既是印度一個聯邦屬地之名，也是該聯邦屬地轄下一座城市之名。

88 潘喬．維拉（Pancho Villa, 1878-1923），一九一〇至一九一七年墨西哥資產階級革命中著名的農民領袖。

89 瑪麗一世（Mary I, 1542-1587），亦稱瑪麗．斯圖亞特（Mary Stuart），或蘇格蘭人的女王瑪麗（Mary, Queen of Scots），於一五四二至一五六七年間統治蘇格蘭。

90 多維勒（Deauville），瀕臨大西洋英吉利海峽，是法國諾曼地半島最優美的海岸城市之一。

91 作者在文本指明葡萄樹葉，但《聖經．創世紀》中，亞當和夏娃用來遮身的應是無花果樹的葉子。

他刷古代鬥士的長筒靴或者中國人的便鞋是一樣的。在這兒真實的悲劇並不合時宜，要緊的是必須備好拍攝與導演所需的種種服裝。它們都已準備就緒，比實物還要逼真，比散放在博物館裡的一切還要正確；完美的複製品，如同在商店展示架上，一顆鈕釦、一根線也沒少，為每一種類型而存在。但是，這些衣服並不僅僅是完美無缺的複製品，它們也會磨損、穿破與弄髒。是啊，生活不是一場服裝走秀，電影應該讓人產生幻想。因此，應該維護這些假的裂縫、假的污點、假的鐵鏽。應該給人時間已經過去的印象。

所以，在史達林格勒戰役[92]確實發生之前，在巴巴羅薩行動[93]被設想、被決定、被執行之前；在法國戰役之前，甚至在德國人開始抱有發動戰爭的想法之前，戰爭已經在那兒了，在表演的展示台上。美國龐大的國家機器似乎已經控制了這場巨大無邊的騷動，事後戰爭則被視為輝煌功勳，作為國家利益收入的來源。這可是一個有趣的題材，一筆絕佳生意。歸根究柢，既不是裝甲戰車也不是俯衝轟炸機，更不是喀秋莎火箭炮可以修復、改變與損害事實。不，是在技術高超的加州，在由幾條大道圍起來的那塊方形地，在轉角處有家甜甜圈店與一座加油站那兒，人類生存的密度選擇了這種共同確信的調性。在新興的超級市場裡，在剛剛發明的電視機前，在烤麵包機與電子計算機之間，是在那兒，世界以它真實的節奏，以這個不久將會決定世界的節奏來敘述自身。

就在元首正為進攻法國一役備戰，參謀部在重新吸取施里芬[94]計畫中的種種老式戰略，而技師也在修復坦克之際，好萊塢已經把納粹的服裝擺在屬於歷史的展示

---

92 史達林格勒戰役（la bataille de Stalingrad），第二次世界大戰時納粹德國及其盟國為爭奪蘇聯南部城市史達林格勒而發動的戰役，是近代歷史上傷亡最為慘重的戰役之一。

93 巴巴羅薩行動（le plan Barbarossa），第二次世界大戰期間納粹德國入侵蘇聯所使用的作戰代號，雙方死傷慘重，是人類歷史上最血腥的戰爭。

94 施里芬計畫（Schlieffen Plan），第一次世界大戰前，德國元帥阿爾弗雷德·馮·施里芬擔任總參謀長期間提出並制定的一套作戰方法。主要目標是在未來的戰爭中，用來應付來自俄國與法國，亦即德國東西兩個敵國的夾攻。

枱上了。摺疊堆放在舊物區的展示櫥窗裡，這些服裝就懸掛在已然歸檔的衣架上。是的，在開戰好一段時間以前，當眼盲耳聾的勒布倫制定彩券法令，哈利法克斯扮演幫凶，奧地利驚慌的民眾認為在一個狂人的身上看見他們的命運之時，納粹軍人的服裝已經放進道具商店裡了。

14 仙樂飄飄處處聞

三月十五日，皇宮之前，從廣場的整個空地，直到卡爾一世的大型騎馬雕像上，有受騙受傷但終究同意的民眾，可憐的奧地利民眾前來歡呼喝彩。如果我們把歷史醜陋的破布條掀開，看見的是：階級對抗平等，規律對抗自由。因此，被一個低劣危險、沒有未來的國族思想引入歧路，在天空下這群先前被失敗所壓抑的廣大民眾把手臂高舉起來。那兒，從茜茜皇宮[96]的走廊傳來一個極度怪異、混合著抒情與焦慮的嗓音，希特勒最後以一聲令人很不舒服的嘶啞叫喊結束了他的演說。他叫喊著一種很接近隨後被卓別林發明創造的德語，我們只能大約聽懂其中幾個字——

---

95 此章標題乃借用電影《The Sound of Music》的法語譯名「La mélodie du bonheur」（幸福的旋律），電影改編自同名音樂劇，中文譯為《真善美》或者《仙樂飄飄處處聞》。此處選用《仙樂飄飄處處聞》，不但較貼近英文原名，也能傳神呼應作者在此章所欲表達的反諷與幽默。《仙》劇的背景時空就是奧地利和納粹德國合併期間，主人公為避開納粹魔掌，舉家逃亡到瑞士的故事。縱使由真人真事改編，劇情卻提醒奧地利人，他們的國家不只孕育出納粹狂魔希特勒，也有擁抱納綷德國的不光彩歷史。

96 茜茜皇宮，即伊莉莎白·亞美莉·歐根妮（Elisabeth Amalie Eugenie, 1837-1898）的皇宮。被稱為「奧匈帝國的伊麗莎白」，是弗朗茨·約瑟夫一世之妻子，她的美貌和魅力征服了整個歐洲，被世人稱為「世界上最美麗的皇后」。伊莉莎白出生在巴伐利亞的一個貴族家庭，通常被家人與朋友暱稱茜茜（Sisi）。

「戰爭」、「猶太人」，與「世界」。現在，人山人海的民眾歡呼叫喊，元首剛剛自走廊宣布了德奧合併。人群的喝彩是如此一致強大，如此自動迸發，以致我們不禁問道在那個時代的新聞影片中，我們聽到的是否總是來自同一群人的叫喊，也就是說來自同一個聲帶。因為是這些我們所看的電影，是這些向我們介紹那個時代的紀錄影片或者宣傳影片製造了我們的內在感知；而我們的思想情感完全被這個同質均一的背景控制了。

我們永遠不會知道，不會知道究竟是誰在說話。這個時代的電影透過一個可怕的魔咒已經成為我們的記憶，世界大戰與其生成歷史都在這部我們無法辨別真假的偉大影片裡被帶走了。因為威瑪政權招聘了比所有劇情片更多的導演、剪接師、攝影師、錄音師與機械師，我們可以說直到蘇俄與美國加入戰爭之前，我們所有關於戰爭的影像都是約瑟夫．戈培爾[97]的作品。歷史在我們眼前開展，就如約瑟夫．戈培爾拍的一部電影。這實在令人震驚無比，德國新聞變成了虛構的典範，德奧合併因此似乎是一個異常成功的例子。但是，歡呼吶喊聲確實是事後添加到影像上的，也就是一般所謂的「後期錄音」。很有可能今日我們所聽到的其實不是每回希特勒出現時所伴隨的荒謬可笑的歡呼喝彩。

我重看這些影片，確實，應該不會搞錯，他們請來整個奧地利的納粹軍人，他們逮捕異議分子與猶太人，這是一群經過篩選清除的民眾；但是，奧地利人確實就在那兒，他們不僅僅是電影裡的人潮。這些綁著金黃髮辮與高采烈的年輕女孩，她們確實在那兒，還有這對笑著高喊的年輕愛侶也是——啊，所有這些笑容！這些姿態！當列隊行經那些顫動飄揚的旗幟！沒有一聲槍響。多麼悲哀啊！

然而，並非一切都在預料之中：「世界最佳軍隊」剛剛展示了它仍然不過是一堆金屬的裝配，一個空心的鋼板。只是，儘管準備得不夠周全，儘管裝置略有瑕疵，即使「興登堡號」飛艇在紐澤西著陸之前起火爆炸而有三十五位乘客遇難，即使大多數納粹空軍將領還不大清楚殲擊航空戰術，即使沒有任何軍事背景的希特勒

97 保羅・約瑟夫・戈培爾（Paul Joseph Goebbels, 1897-1945），擔任納粹德國時期的國民教育與宣傳部部長，擅長演說，被稱為「宣傳天才」，以鐵腕捍衛希特勒政權和維持第三帝國的體制。

還是僭越成功擔任德軍最高將領，當時的新聞紀錄影片還是給人一種完美機器的感覺。從一些構圖巧妙的影像，我們看到德國戰甲車在狂歡的人潮中前進，誰能料到這些戰甲車剛剛才經歷一次規模龐大的拋錨呢？德國軍隊似乎朝著勝利之路邁進，一種極其簡單鋪著鮮花與微笑的勝利。蘇埃托尼烏斯[98]記載羅馬皇帝尼祿曾經如此帶領軍團到北方，就在一個不知是猶豫還是狂喜的片刻，他讓隊伍面對大海，然後下令士兵撿拾貝殼。看著法國新聞紀錄影片，我們也同樣以為德國士兵花了一整天時間到處搜集路上迎來的笑容。

有時候剛剛發生在我們身上的事似乎早已寫在幾個月前的日記上，是我們做過的噩夢。所以六個月才過，也就是德奧合併六個月之後，一九三八年九月二十九日在慕尼黑有場著名的會議，有如希特勒的野心就此停住，他們已經在廉價出售捷克斯洛伐克了。法國與英國代表團在德國受到很好的招待，大廳裡，吊燈發出噹噹聲響，水晶飾物就像風中搖晃的排鐘在凶惡的怪獸上邊演奏輕盈曼妙的音樂。達拉第[99]與張伯倫的團隊試圖從希特特身上獲取荒謬滑稽的讓步。

我們指控歷史，聲稱歷史讓那些引起災難的主角裝模做樣，我們看不到骯髒的摺邊、發黃的桌巾、票簿的存根，還有咖啡的污漬，他們只出示事件美好的一面。不過，如果我們仔細端詳在慕尼黑簽約前拍攝的一張照片，站在希特勒與墨索里尼旁邊的法國總理達拉第與英國總理張伯倫似乎沒有什麼驕傲的神情。儘管如此，他倆還是簽了約。經過慕尼黑路上民眾以納粹式敬禮歡迎他們之後，在人潮洶湧澎湃的熱情吶喊下，他倆簽了約。照片上，戴著帽子表情稍微尷尬的達拉第向大家招呼示意，張伯倫呢，帽子拿在手上，臉上展開了笑容。如同當時新聞媒體給予的稱號，這兩位堅持不懈的和平使者在兩列納粹軍人之間登上階梯，留下這張永恆的黑白照片。

98 蘇埃托尼烏斯（Gaius Suetonius Tranquillus，約西元六九或七五年至一三〇年之後），羅馬帝國時期歷史學家，最重要的現存作品是《羅馬十二帝王傳》。

99 愛德華・達拉第（Édouard Daladier, 1884-1970），當時為法國總理，為避免戰爭而與德國簽訂《慕尼黑協定》。

這時受了神靈啟示的評論員帶著鼻音說道，同樣受和平意願召喚的四位國家元首，達拉第、張伯倫、希特勒與墨索里尼應該拍張照片留給後世。歷史揶揄這段評論的可笑，它讓未來新聞紀錄影片的信譽掃地。彷彿在慕尼黑將有無限的希望誕生，說這句話的人沒懂得字裡行間的意思，他們說的是天堂的語言，在天堂所有的字詞都有同樣的價值。稍後不久，一小段音樂之後，愛德華・達拉第在波長一千六百四十六公尺的巴黎廣播電台講述這段歷史。他確信自己挽救了歐洲和平，這是他向聽眾說的。他其實什麼也不信。「啊！笨蛋，如果他們知道的話！」當他走下飛機面對朝他歡呼的群眾時或許如此喃喃自語。最糟的事件已經在這個巨大苦難的混亂中醞釀，一種尊重謊言的神祕氛圍占了上風。詭計勾當擊倒事實，我們國家元首的宣言宛如鐵皮屋頂，轉瞬就被春天的狂風吹走。

15 死亡

為了接受奧地利的合併，他們舉行了全民公決。他們逮捕異議分子，神父在講台上召喚投給納粹，教堂的陳列室裝飾著納粹黨的標誌，連社會民主黨的舊黨魁也投下贊成票。幾乎沒有反對票，百分九十九點七五的奧地利人投票贊成附屬於威瑪政權。而在這段歷史初期出現的那二十四位傢伙，那二十四位德國工業巨頭，現在已經在研究如何瓜分國家了。希特勒已經在奧地利完成了一趟我們口中所稱的勝利輝煌之行。在這些奇妙的重逢時刻，他到處受到歡呼喝彩。

然而，就在德奧合併之前，僅僅一週內就有一千七百多人自殺。在報紙上發布自殺消息很快就被視為一種抵抗，仍然有些記者膽敢寫下「暴卒」，只是報復行為讓他們很快就閉上嘴巴，改用其他不會引起後果的慣用措詞。因此，這些結束自己生命的人究竟有多少，他們叫什麼名字，至今仍然是謎。合併的第二天，我們還可以在《自由新報》讀到四則訃聞：「三月十二日早上，阿勒瑪・畢侯，公務員，四十歲，開瓦斯之前先以刮鬍刀割破血管。同一個時刻，作家卡爾・施萊辛格，四十九歲，一槍打在太陽穴。一位家庭主婦，海倫・庫訥，六十九歲，也是自殺。下午，雷歐普勒．比恩，公務員，三十六歲，跳樓身亡，至於自殺動機目前無法確認。」這個平淡的小注腳令人羞愧，因三月十三日，沒有人能不知曉這些自殺動機，沒有人。再者，也不能說有許多不同的動機，因為動機只有一個，而且是同一個。

阿勒瑪、卡爾、雷歐普勒或者海倫或許從窗戶看到在街上被拖拉的猶太人，他們只需瞥見那些被剃頭的人便能明白今後的處境。他們只需瞥見這個人的枕骨被路人畫上一個十字架，這個一個小時前總理許士尼希還別在上衣翻領上的十字架。甚至在事情發生前，甚至只需告訴他們，只需他們猜想，估計與想像。只需他們看到人群臉上的笑容便能明白。

那天早上，海倫是否在呼喊的人群裡看見一個猶太人四肢著地、趴在地上，於眾目睽睽之下被迫清掃人行道，已經無關緊要了，她究竟有沒有親臨猶太人被強迫吃草的卑鄙現場，已經無關緊要了。她的死亡只是表達了她所感受到的災難與醜陋的現實，還有噁心，她所生活其間的世界已經赤裸裸地成為謀殺者的共犯。因為其實罪行已經在那兒，在小旗幟上，在年輕女孩的笑容裡，在這個全然墮落的春天裡。甚至海倫．庫訥應該從笑容，從失控的熱情感受到仇恨與快感。她應該在如此可怖的爆發，從數千人的身影笑容與幾百萬苦役的身上隱約預感到了，猜測到過度的歡樂背後毛特豪森集中營[100]的採石場已然不遠，因此就自殺了。一九三八年三月十二日，維也納年輕女孩的微笑，人群的呼喊，勿忘我清新的芳香，異樣的愉悅歡欣，所有的這些熱情卻只讓她感受到幽暗哀傷。

彩紙卷、彩紙屑與小旗幟。那些狂熱崇拜的年輕女孩如今安在？她們的笑容，她們的無憂無慮，如此純真，如此歡愉的臉龐，一九三八年三月的那些所有狂喜如今安在？如果其中一位女孩今天突然在電視螢幕上認出當年的自己，她會想些什麼呢？自有世界以來，人的真實內心總是隱蔽晦澀，人總是屏住呼吸透過消去法思考。生活的底層流淌如汁液，緩慢，隱密。但是，此刻皺紋啃噬著嘴巴，眼皮閃著亮光，嗓音喑啞——年輕護士距離世界大戰如此遙遠，對世代更迭一無所知，就在

100 毛特豪森集中營，位於奧地利上奧州首府林茨附近，一九三八至一九四五年間，納粹在這裡先後囚禁過二十多萬人，其中十萬多人被奪去性命，其餘被關押者則在一九四五年五月獲得釋放。

她們有如暗夜哨兵交接般忙進忙出之際，她的眼神茫然到處梭巡，從電視機喀嚓吐出的封存影像移至手中的優格——當年的青春揉合水果的芬芳、往上竄升令人窒息的體液，如何將這個真實活過的青春與恐怖區隔開來呢？我不清楚。在養老院裡，在乙醚淡淡的味道與碘酒的色澤之間，身軀如小鳥般脆弱、滿是皺紋的年老孩童是否在冰冷矩形的電視機前，在這一小段的影片中認出自己呢？在戰爭、廢墟、美國或者蘇俄占領之後，還活著的她，涼鞋在地板吱嘰作響，溫熱長滿斑點的手漸漸從藤椅的扶手滑下，當護士打開房門，她是否偶爾嘆口氣，從腦海中找出了幾個難以忍受的記憶呢？

阿勒瑪．畢侯、卡爾．施萊辛格、雷歐普勒．比恩與海倫．庫訥沒有活得如此長久。跳樓之前，一九三八年三月十二日，雷歐普勒應該多次與真理對抗，然後與恥辱對抗。他不也是奧地利人嗎？他不也承受了好幾年國家天主教黨的荒誕嗎？早上兩位奧地利納粹分子登門按鈴之時，年輕男子的臉轉瞬間變老。他尋找新的詞彙解脫政權及其暴力帶來的傷害已經有段時間了；他沒找著。他整日在外閒逛，擔心遇見心存惡意的鄰居，或者把眼光移開的老同事，他曾經喜歡的生活已經不存在了，什麼也沒留下：不再有他投注在工作上的顧慮了，也不再有中午坐在一棟老屋的階梯上吃三明治看著路人那種簡便的用餐方式了，全部都被摧毀了。因而，這個三月十二日，當門鈴響起，他的腦海一片陰霾，有那麼一瞬間，他聽見一個來自心底的細小聲音，告訴他如何避免靈魂遭受日經月累的腐蝕：他打開窗戶一躍而下。

在給瑪格麗特・史特芬[101]的信上，以一種極其諷刺的語氣，以那種時間，還有戰後諸種揭發帶來的某種無法承受的焦躁不安，華特・班雅明[102]提及在維也納官方突然切斷所有猶太人的煤氣供應，理由是這些大宗主顧沒有繳款，他們的消費導致煤氣公司的虧損。這封信現在讀來顯得怪異，我們猶豫，並不確定是否真正明瞭其

101 瑪格麗特・史特芬（Margarete Emilie Charlotte Steffin, 1908-1941），德國女演員和作家，是劇作家與詩人布萊希特（Bertold Brecht）最親密的合作夥伴之一。

102 華特・班雅明（Walter Benjamin, 1892-1940），德國哲學家，他的思想融合了德國唯心主義、浪漫主義、唯物史觀以及猶太神祕學等元素，並在美學理論和西方馬克思主義等領域有深遠的影響。

中的意義，事情的真相就此飄蕩在枝椏間與泛白的蒼穹上。而當有一天意義變得清晰，在無何有之鄉驟然形成一灘意義的水坑，它就是歷史上最瘋狂最哀傷的事件之一。因為如果奧地利煤氣公司當時拒絕供應給猶太人，真正的原因還是他們寧可選用煤氣自殺以致帳單無法結算。我自問這是否是真的？——出於荒謬的實用主義，那個時代製造了如此多的恐怖——或者這僅僅是一個玩笑？一個在不祥的燭光燈影中製造的駭人玩笑。只是不管是一個最苦澀的玩笑還是一個事實，都已經不要緊了。當幽默往如此幽暗傾斜，就說明了事實。

在此逆境，事件失去了名字，離我們而去。再者，我們也不能說這是自殺了。阿勒瑪・畢侯並非自殺，卡爾・施萊辛格並非自殺，雷歐普勒・比恩並非自殺，至於海倫・庫訥也並非自殺。他們之中沒有人是自殺的。他們的死不能等同於他們各自不幸的私密故事，我們甚至不能說他們選擇了尊嚴的死亡。不，這不是個人內在的沮喪置他們於死地，他們的痛苦是群體性的，而他們的死亡是另一個人的罪行。

16 那些人究竟是誰？

一個單詞有時就足夠凝結一個句子，讓我們潛進無以名狀的幻想裡；時間在此是無法感知的；它堅定沉著，在混亂中繼續它的朝聖之旅。因此，一九四四年春天，在我們的故事開頭就提到的，那位第一時間就捐了一筆錢支持納粹政權的工業大祭司古斯塔夫．克虜伯，此刻正與夫人貝爾塔與大兒子埃福瑞德（康采恩企業集團的繼承人）一起用餐。今晚是他們在胡格勒城堡[103]的最後時刻，這座他們長期居住，也象徵家族權勢財富的巨大城堡。只是此刻時運轉壞，德軍到處撤退，他們決定離開這兒，撤退到遠離魯爾區的布寧巴克山上，那兒一片冷冽雪白的和平，炸彈是無法射中的。

突然，老古斯塔夫站了起來，他已經患了好一陣子無法治癒的癡呆症，不僅大小便失禁，腦袋糊塗，幾年來幾乎成了啞巴。然而那一晚，飯吃了一半，他突然驚恐地握緊餐巾，指著兒子背後的角落咕噥：「那些人究竟是誰呢？」他的夫人與兒

103 胡格勒城堡（villa Hügel），位於德國西部魯爾區，德國工業巨頭克虜伯家族的私人宅邸。現今分成三區，分別是藝術博物館、魯爾區文化基金會與克虜伯家族歷史檔案館。

子，一個轉頭，一個轉身，同時往他乾癟指頭指著的方向望去，也不禁打起冷戰，角落一片黑暗，而黑暗彷彿在晃動，正有許多影子匍匐著在黑暗中緩緩移動。不過，這可不是克虜伯家族城堡裡的幽靈讓古斯塔夫嚇得全身僵冷，不，也不是神話中人獸同體的猙獰怪物，而是真實的人，正抬起頭直盯著古斯塔夫的真實臉孔。他看到偌大的眼睛，從陰影走出的身軀，一些陌生人。他驚駭莫名，全身僵直站著不動。僕人也都愣住了，窗簾變成冰塊一般，他覺得真正看到了，直到此時自己從未看過的。而他看到的，那些從陰影慢慢出現的人就是好幾萬具的屍體，那些黨衛隊供應給他工廠勞動的苦役。他們正從虛無走出。

好幾年來，他雇用布痕瓦爾德、弗洛森比爾格、拉文斯布呂克、薩克森豪森、奧斯維辛與其他集中營的囚犯，他們的預期壽命都只有幾個月的時間。如果囚犯沒有染上傳染病，他們全部會餓死。但是，克虜伯不是唯一雇用這種勞役的人，二月二十日那天參與會議的其他次要角色也都從中得到益處；在犯罪熱情與政治姿態的外表背後，他們的口袋都獲得了報償。戰爭是有經濟效益的。拜爾在毛特豪森集中營租賃勞工，BMW在達豪、帕彭堡、薩克森豪森、納特茲維萊—史特魯特霍夫與布痕瓦爾德等地的集中營招募勞工，戴姆勒在斯希爾梅，法本公司則在多拉—密特爾堡、格羅斯—羅森、薩克森豪森、布痕瓦爾德、弗洛森比爾格、達豪、毛特豪森這些地方招聘工人，也在奧斯維辛集中營開發一家巨型工廠極盡剝削之能事（厚顏無恥的法本公司，公然把奧斯維辛標示在企業組織圖表上），愛克發集團在達豪招募，蜆殼公司在諾因加默集中營，施奈德在布痕瓦爾德，德律風根在格羅斯—羅森，西門子在布痕瓦爾德、弗洛森比爾格、諾因加默、拉文斯布呂克、薩克森豪森、格羅斯—羅森與奧斯維辛。所有企業都進軍手工費如此便宜之地。所以，那一頓家族晚餐，不是古斯塔夫神思恍惚，而是貝爾塔與兒子拒絕看見眼前的事物，因為所有這些死者確實全都在暗影裡。

一九四三年，六百位被押送到克虜伯工廠的集中營囚犯，一年之後僅剩下二十位。在把領導權杖交給兒子之前，古斯塔夫最後的幾個正式而且張揚的舉動之一便是設立貝爾塔工廠：一所以夫人之名命名，似乎是用來向夫人致敬的集中營工廠。

他們住在污垢黑暗裡，受蝨子侵犯，冬天一如夏天都拖著簡陋的木底皮面鞋從營房走到有五公里之遠的工廠，然後再從工廠走回營房。清晨四點半就被叫醒，黨衛隊與警犬隨侍在側，挨揍與拷打是日常行事。至於晚餐有時會持續兩個小時；不是用餐的時間拖長，而是必須等候，因為喝湯的碗不夠。

現在，我們快速回到這段歷史的初始，再次審視圍坐在桌子旁的二十四位先生，彷彿企業領袖相聚的一場尋常會議。都穿著與我們的時代一樣的衣服，一樣的暗色或者條紋領帶，一樣的絲綢小手巾，一樣的金框圓形眼鏡，一樣的禿頂，一樣的理智面孔。歸根究柢，流行並沒有什麼變化，不久的將來，代替納粹的金製動章，他們其中幾位將會高傲地戴上猶如法國榮譽勳位勳章的德意志聯邦共和國勳章，政權會以同樣的方式表彰他們。就在魔鬼踮著腳尖從他們身後走過，我們看見他們二月二十日那天以沉穩理智的姿態等候著。他們聊著，這個小型會議絕對跟其他的小型會議一樣。不要認為這一切屬於遙遠的過去，他們不是洪荒太古時代的怪獸，也不是羅塞里尼[104]電影裡描繪的那些一九五〇年代被帶進柏林廢墟而不幸消失的人物。他們的名字仍然存在，他們家財萬貫。他們的公司有時合併成為權勢駭人的企業集團。蒂森—克虜伯集團是世界鋼鐵工業的首腦之一，公司所在地一直在埃森，儘管公司現在的信念強調柔軟與透明，我們還是可以讀到幾行有關克虜伯家族的記載。諸如一九三三年之前，古斯塔夫並沒有積極支持希特勒，而當希特勒當選總理，古斯塔夫效忠的是國家，直到一九四〇年七十歲生日那天，才加入納粹黨。這就是他們明確告訴我們的訊息。忠誠於企業的社交傳統，無論如何，古斯塔夫與貝爾塔不會忘記保持當忠貞的企業員工慶祝金婚時去拜訪他們的傳統。這篇傳記以一段感人的軼事結束：好幾年之間，忠心的貝爾塔在靠近他們布寧巴克居所附近的一小棟樓房裡細心照顧她殘廢的丈夫。沒有集中營工廠的問題，沒有強迫勞役的問題，全然一點問題也沒有。

104 羅伯托．羅塞里尼（Roberto Rossellini, 1906-1977），著名義大利導演、編劇與電影製片人，是義大利新現實主義電影的重要成員之一。

胡格勒別墅的那一頓最後晚餐，一旦害怕的情緒過去，古斯塔夫便重新平靜坐回位子上，而那些臉孔也暫回暗影裡，直到一九五八年時，才又出現一次，布魯克林的猶太人堅決要求賠償。古斯塔夫自從一九三三年二月二十日後，已經眼也不眨不知捐出多少巨款給納粹了，只不過他的兒子沒有那麼揮霍。大聲叫嚷，聲稱占領軍「像黑奴一般」對待德國人的他，後來成為共同市場上最有影響力的人之一，鋼鐵煤炭的國王與維持歐洲和平的中流砥柱。決定賠償之前，他讓談判拖延整整兩年之久。每回與康采恩的律師都被標示反猶色彩，儘管如此還是簽訂了一項協議。克虜伯承諾支付給每一個生還者一千二百五十美元，這筆結清尾款實在少得可憐。但是，克虜伯此舉卻一致受到媒體的讚揚，這些讚揚因而甚至替他打了出色的廣告。不久，隨著生還者求償聲浪的爆發，撥發給每人的錢就更少了，由七百五十美元變成五百美元。最後當其他生還者也加入求償時，康采恩讓他們知曉公司已經沒有能力繳付賠償金了：猶太人太貴了。

❖

我們絕不可能掉進同一個深坑兩次，不過可能會老是以參雜著可笑與驚悚的同樣姿態掉進深坑。而且不想再掉進坑裡的意念讓我們使勁全力保持平衡，甚至大叫大喊。腳後跟一踹，我們的腳趾會受傷，一個巴掌過來，我們的牙齒會被打落，眼睛也會瘀青腫脹。深坑被宏偉巨宅圍繞，歷史就在那兒，那位理智女神從來就以雕像不動之姿站在節慶廣場的中央，每年一次，我們以乾燥的牡丹花枝葉作為貢禮，也會以麵包代替小費，每天，丟給飛來的鳥兒。

艾希克・維雅年表

一九六八年　出生於法國里昂。父親為醫生，幼時隨家人旅居西班牙、葡萄牙、非洲。大學時期回到法國，並於哲學家德希達指導下修習哲學、人類學。

一九九九年　發表《獵人》（*Le chasseur*）。

二〇〇二年　發表《綠林》（*Bois vert*）。

二〇〇六年　拍攝電影《行走的人》（*L'homme qui marche*）。

二〇〇八年　拍攝電影《馬德歐・法勒貢》（*Mateo Falcone*）。

二〇一〇年　《征服者》（*Conquistadors*）獲得最佳潛力新人文學獎

二〇一二年　《剛果》（*Congo*）、《西方戰役》（*La Bataille d'Occident*）兩書榮獲法蘭茲・赫賽勒文學獎。翌年再雙雙拿下瓦雷希・拉博德文學獎。

二〇一四年　發表《大地的哀傷》（*Tristesse de la terre*），勇奪翌年約瑟夫—凱瑟勒文學獎。

二〇一六年　《七月十四日》（*14 juillet*）榮獲翌年亞歷山大—維亞拉特文學獎。

二〇一七年　《二月二十日的祕密會議》獲得龔固爾文學獎。

二〇一九年　發表《窮人的戰爭》（*La Guerre Des Pauvres*）。

德奧合併大事年表

一九一八年	十一月	第一次世界大戰結束，奧匈帝國分裂。奧地利第一共和國誕生。
一九三三年	三月	奧地利總理陶爾斐斯強硬解散國會，以緊急法令管理國家，對內壓制包含納粹黨在內的反對黨，對外與墨索里尼友好並接受軍援，逐漸走上獨裁法西斯之路。
一九三四年	二月	奧地利社民黨首先發難，發動武裝反抗。
一九三四年	七月	經由希特勒指示，奧地利納粹黨發動政變，誤殺總理陶爾斐斯。許士尼希繼任總理，跟隨前任總理的政策，繼續鎮壓納粹黨。
一九三六年	七月	許士尼希被迫簽下德奧協定。
一九三七年	十二月	許士尼希宣布將於隔年三月針對奧地利是否與德國合併進行公投。
一九三八年	二月	許士尼希於貝希特斯加登的貝格霍夫，在希特勒要脅之下簽署和平協議。

一九三八年	三月	十一日，許士尼希不敵四起的叛變行動與希特勒的施壓，宣布公投取消並辭職下台。原任內政部長的納粹黨員賽斯—英夸特繼任總理。十二日，德國納粹軍隊一路開進維也納。十五日，希特勒於維也納英雄廣場公開宣稱德奧合併。
一九三八年	四月	十日，舉辦公投，投票率高達百分之九十九點七，其中同意「上個月的德奧統一」票占百分之九十九點六。
一九三八年	九月	繼德奧合併之後，根據《慕尼黑協定》，德國獲得捷克蘇台德地區。
一九三九年	三月	德國陸續侵略捷克斯洛伐克其餘地區。
一九三九年	九月	德國進攻波蘭，英、法紛紛向德國宣戰，二戰開始。
一九四五年	四月	奧地利臨時政府成立。希特勒自盡身亡。
一九四五年	五月	德國戰敗，遞出降書。奧地利受德國統治時期結束，進入同盟國軍事占領治理時期。
一九五五年	五月	《奧地利國家條約》簽署，同盟國軍撤出，奧地利正式恢復主權。自納粹軍入侵維也納那夜以來時隔十七年。

RE7006

2月20日的祕密會議

L’ordre du jour

•原著書名：L’ordre du jour•作者：艾希克・維雅（Éric Vuillard）•翻譯：陳芳惠•封面設計：聶永真•校對：李鳳珠•責任編輯：徐凡•國際版權：吳玲緯•行銷：蘇莞婷、黃俊傑•業務：李再星、陳紫晴、陳美燕、馮逸華•副總編輯：巫維珍•編輯總監：劉麗真•總經理：陳逸瑛•發行人：凃玉雲•出版社：麥田出版／城邦文化事業股份有限公司／104台北市中山區民生東路二段141號5樓／電話：(02) 25007696／傳真：(02) 25001966、發行：英屬蓋曼群島商家庭傳媒股份有限公司城邦分公司／台北市中山區民生東路二段141號11樓／書虫客戶服務專線：(02) 25007718 ; 25007719／24小時傳真服務：(02) 25001990 ; 25001991／讀者服務信箱：service@readingclub.com.tw／劃撥帳號：19863813／戶名：書虫股份有限公司•香港發行所：城邦（香港）出版集團有限公司／香港灣仔駱克道193號東超商業中心1樓／電話：(852) 25086231／傳真：(852) 25789337•馬新發行所／城邦（馬新）出版集團【Cite(M) Sdn. Bhd.】／41-3, Jalan Radin Anum, Bandar Baru Sri Petaling, 57000 Kuala Lumpur, Malaysia.／電話：+603-9056-3833／傳真：+603-9057-6622／讀者服務信箱：services@cite.my•印刷：前進彩藝有限公司•2019年（民108）11月初版•定價350元

國家圖書館出版品預行編目資料

2月20日的祕密會議／艾希克・維雅（Éric Vuillard）著；陳芳惠譯. -- 初版. -- 臺北市：麥田出版：家庭傳媒城邦分公司發行，民108.11
面； 公分. -- (litterateur；RE7006)
譯自：L’ordre du jour
ISBN 978-986-344-650-7（平裝）
876.57　　108004523

本書獲法國在台協會《胡品清出版補助計畫》支持出版。
Cet ouvrage, publié dans le cadre du Programme d’Aide à la Publication《Hu Pinching》, bénéficie du soutien du Bureau Français de Taipei.